玉《たま》 子《こ》

✧

藤田英男
Fujita Hideo

風詠社

はじめに

友達もなく、名前でからかわれ、学校の勉強はできず、先生からも怒られ、落ちこぼれの「玉子《たまこ》」。

しかし玉子は、自分の事よりたった一人の友達を思いやる優しい心を持ち、そして稀にみる純真な女の子。

夜空に輝く星とお話しするのが大好きだ。あるとき、ある星から教えられた「厚い本」。この本を一生学びたいといいだす。

やがて「本物の先生」に出会い霊的な成長を遂げ、玉子のメモが一冊の本になる。それは、「たんぽぽ」になった。大切なものをただ一つだけもって風に揺られて飛んで行き、種は芽を出し、そして「世の中の仕組み、錆びていく地球、人間の奢り・愚かさ」に警鐘を鳴らす。

目次

装　幀　2DAY
本文挿画　鷹澤　花
（小学校五年生）

プロローグ

「先生《シスター》、がんばってー」

「みんな起きてー、先生が大変よー」

ギシギシ鳴る廊下を走りながら、玉子《たまこ》は、電話室へ走った。

「救急車をお願いします」


「ピーポー、ピーポー……」

サイレンの音が遠くから聞こえ、だんだん大きくなって止まった。救急隊員が三人入ってきた。救命士と腕章つけた人が色んな機械をつけて何かを測っている。

「先生の具合は??」心配そうに覗くと、

「まだ確実なことは言えませんが、この状態だとおそらく『脳梗塞』の疑いがありますね。脳外科専門のAB病院へ搬送します。あなた一緒に乗ってください」と促され、ストレッチャーに横たわる先生が救急車へ滑り込んだ。

第一章　お星さま

「あの子は、近ごろ星ばっかり見ていったい何考えているんだかねー」

冷凍庫から出したレトルト食品を電子レンジに入れながら…、

「勉強はだめだし、ほかの子と一緒に遊べないし本当に困ったもんだねぇー、おとーさん」

という母、夕子の声が……。


大工の手間とりの仕事が久しぶりに入って帰った父、三雄は茶の間の戸を開けドスンと座った。一升瓶の栓を開け、こぼれそうなコップに口を近づけ、テレビのスイッチを入れた。

夕子の声は、台所の電子レンジの音とナイター中継のホームランの大歓声にかき消されている。

「ねー、聞いてるの、左官屋なんてだめだねー、ろくな仕事も無いくせに酒ばっかり飲んでー」

と、大きな声を張り上げた。

「うるさいなぁー、左官の仕事が無いのは、俺のせーじゃないあっちでもこっちでもペラペラの新建材やクロス張りばっかり、塗る壁なんかありゃせんわい、ばかもん……」

と、テーブルをたたいた。湯飲みに残った番茶がひっくり返り、コップからは酒が波打ってこぼれた。

ここしばらくの収入は夕子のパートだけ。蓄えも底を突き、何かと夫婦ゲンカが絶えない。


玉子の住む越後、糸魚川。ヒスイのふるさと、奴奈川姫伝説の地。山と川、日本海に囲まれ自然が豊かな田舎町である。少し奥まった高台の海の見える住宅地。町の灯りもなく、星が空いっぱいに広がる二階の物干し場がお気に入りだ。夕方、一番星が出るころは、まだうす明るく誰かに見られるとチョット恥ずかしいので、晩ご飯が終わったあとが楽しみなのだ。

ある日曜日、夕子と玉子が少し遅いお昼ご飯のとき、パート先の係長から電話がかかってきた。夕子は子機を持って隣の部屋に入った。

しばらくして、

「玉子、もう来年五年生だから茶碗くらい大丈夫だよね。洗って片づけておいてね。朝のもぜんぶだよー」

といい、きれいに化粧して出かけた。

玉子はいわれたとおりキッチンに立ち、洗い物を始めた。


パチンコから帰った三雄は、洗い物をしている玉子を横目で見て、シカメ面して篭からでっかいコップを取った。冷凍室の氷をザクっと入れた。取手のついた大きな赤ラベルの瓶を一気に注いだので、パキンパキンと氷が割れていく。

テレビをつけた。昼下がりのワイドショーが放映されていたが、リモコンを何回も叩いて切られた。

くいっ、くいっ、と喉を鳴らし、ストレートを胃に流し込んだ。

つまみを探して開けた冷蔵庫、

「まったくもー、何にもありゃせん」

とぶつぶつ言いながら肘で閉め、菓子器に残っている硬いせんべいの袋を口で切って、唇にくっついた袋を「ぷっ」と飛ばした。

玉子は、

「お父さん、昼間からあんまり飲まないで……」

と小さな声しか出なかった。


玉子は低学年のころ、学校からしょっちゅう泣いて帰ってくる。

訳を聞くと、

「みんな『玉子、玉子、たまごの玉子』って意地悪するの。どうして玉子っていう名前なの。学校なんか行きたくないー」

と泣き叫んだ。

「名前なんかなんでもいいのさ。自分がしっかりしてれば……お母さんだって夕方生まれたから夕子ってつけたんだって。お母さんのお母さんが……」

玉子はまだ肩を震わせてしゃくりあげて鼻水をすすっている。

担任の先生からは、

「お宅の玉子さんのおかげでクラスみんなが迷惑してるんです……」

「着替えるにも他の子の倍もかかるし、遠足ではみんなについて歩けないし、ちょっとのことで泣くし、時々、星がどうのこうのって訳の分からないこと言うし……」

「お宅ではどんな教育しているんですか?」

と言われる始末だった。

「はい、家では色々教えているんですが、他の子より劣っているようです。それと、三歳の時、高い熱を出して右足が少し動きづらくなってしまったんです。普段はほとんどわからないんですが、長い間歩いたり走ったりすると、ちょっと引きずるときがあるんです。ご迷惑かけてすみません。本当に……」

「だったら、早くそれを言ってもらわないと……」

「すみません、足が悪いといったらみんなにいじめられるんじゃないかなと思って」

玉子は今夜もまた箸を置くとすぐ二階の物干し場へ駆け上がった。しばらくして降りてきた玉子に母は、

「星が好きだねー、どうしてそんなに好きなの?」

と聞くと、

「お星さまはね、目を細くして見るとみんな十字架みたいにきれいに光って見えるよ」

「一番星さんが寝てから、小さな星も空じゅういっぱい光るよ」

「そうしたらねー、一つのお星さまがしゃべってくれたの」

「何を聞いても、何をお願いしてもいいよ、仲良くしようねって」

玉子がいい終わるか終わらないうちに、母は、

「馬鹿なことばっかり言ってるんじゃないよ」

と、固いせんべいをかじりながら、急須にポットのお湯を注いだ。テレビはお笑い番組で盛り上がっている。


ビール、酒、ウィスキーと、三種混合でたらふく飲んだ三雄は、座布団枕でいびきをかいている。しばらく大きく続いたかと思うと、一瞬息が止まり、まるで鯨が息継ぎをするみたいに「ぷーっ」となってから寝返りを打った。頭を少し上げ、腕時計を見た。

「まだ八時か……」

とつぶやいて起き上がると、コップ（夕子が、花を入れ替えようと抜いてあった一輪挿し）の水を一口飲んで、

「寝るとするかー」

っと、千鳥足で二階に上がった。

母は、ある日、玉子は星を見てなにをしているのか、とそぅーっと、二階の物干し場へ近づいて耳を澄ました。

「お星さま、どこかに
壁のある家が建ちます
ように、
　お父さんに仕事が来
ますように……」
「お星さま、お母さんが、
お父さんじゃなくて、
いつもの電話のおじさん
と仲悪くなりますように
……」

第二章　大切な人

玉子はきょうも学校から泣きじゃくりながら帰ってきた。

母は、

「どうしたん？」

「うん、あのね、先生が『この算数の問題を分かる人は手を挙げてー』というとみんなが手を挙げるけど、玉子すぐには分からないから挙げなかったの」

「そうしたら？」

「『玉子さん、こんな足し算も分からないの。先生も疲れるわー』って、にらみつけられたの」

「『これ以上どう教えたら玉子さんは分かるっていうんだろかねー』って、みんなの方を見ながら大きな声で言ったの」

「そしたらねぇみんながね、玉子のほう見て……」

「『玉子はバカだからねー』って騒ぎ出したの。玉子もゆっくりがんばれば何とか答えが分かるけど、すぐ言われても分からないの……」

「先生にね、皆のいない所で、もう一度やさしく教えてほしかったの。だって、お星さまから、誰かに注意してやるときは、『一人になった時やさしく言ってやるといいよ』って教えてもらったよ」


「アッ、そうそう、クラスにね、玉子とだけお話しするけい子ちゃんがいるの。その子がいつも玉子をいじめるケンイチ君にいじめられたの。そうしたらね、泣きながらとがった鉛筆をもって顔をつつこうとしたの……」

「玉子見ていたら、目に入りそうになって危なかったんだ。けい子ちゃんが一人になった時、注意してあげたの……」

「人間はね、目が一番危ないってお星さまに教えてもらったよ。目の奥に大切な『脳』というものがあって、神様からもらった命の元なんだって。だからとがった物が目に刺さったら死ぬんだって……」

「世の中で一番悪いことは、大切な人を悲しませることなんだって、だってケンイチ君が死ねば、一番悲しむのはケンイチ君のお父さんとお母さんだよね」

　って言ったら、けい子ちゃんは、

「うん分かった」

「『今度絶対にしない』といって約束してくれたの、玉子うれしかったよ」

「玉子はね、朝起きたとき目が見えていることはうれしくて、ふとんの中でありがとうって小さな声で言うの。だってお星さまが見えなくなったら、玉子お話しする人いなくなるもん」

と母夕子のほうを向いた。

「先生だって忙しいんだから、玉子のためにだけそんなことできないよ。しっかりと先生の話を聞いていないからだよ。バカだねー」

玉子は、

「バカでもいいの。先生がお話ししている時、時々お星さまがしゃべってくれるの。玉子、お星さまの声の方が先生の話より聞いていたいの。お星さまの声、本当にやさしいよ」

といいながら近づこうとした。

夕子は手鏡を持ち出して髪の毛を梳かしだした。

「うーん、お母さん忙しいの……」

といいながら階段をかけ上がった。


玉子は、うつむいて玄関の掃き掃除をはじめた。

玄関の掃除、みんなの靴の整理、洗濯物の取り込みとたたむのは玉子の仕事と言われている。毎日欠かしたことがない。


二階から綺麗に着替えて降りてきた夕子。

「お母さん、ちょっと大事な用事があるから出かけるけど……」

「玉子、昨日は良く掃けていなかったよ。昼間大事なお客さんが来たとき、恥ずかしかったよ、ほんとにもー、今日はきれいに掃くんだよ」

「お父さんは呑みに行ってるし、お母さんも遅くなるから……、夕ご飯はインスタント食べて、いつものとこに何かあったと思うけど……」

「うん……、ごめんなさい」

という玉子と狭い廊下をすれ違い、夕子はきれいに並んでいる下駄箱の靴から選び、手にとった。

母が玄関を出ると、ほうきを下駄箱の下や奥まで届くように、一生懸命に差し込んで、いつもより念入りに掃き掃除をした。

お母さんもお父さんもいない夜は慣れている。今夜は何を食べようか探した玉子。戸棚の奥に食べものが入っているが、いつもこれといって変わったものはない。缶詰類とカップラーメン、硬いせんべいくらいしかないことはわかっている。焼きそばが一個だけあった。小袋の封を切って入れ、お湯をタップリ入れた。

「しまった、ソースはいまいれるんじゃーなかった！」

いつものインスタントラーメンのつもりだった。と思ったがもう遅かった。

これしか食べるものがないのでしかたなくカップを傾げて少し飲んでみたが、ラーメンと違ってあまりおいしくなかった。

「まー、いっかー」

と食べ終わり、お気に入りの二階の物干し場へ……。

いつものようにお星さまを探した。きょうはゆっくりとおしゃべりができるなと思い、すごく

うれしくなった。

「ねー、お星さま、玉子いつも不思議なんだけど」

「玉子いま、一番大きなお星さまとお話ししてるけど、奥にはまだまだ小さいお星さまが見えるよ。もっともっと奥に行ったらどこまで行くの？」

「わしらも分からんのだよ……」

「どこが終わりなんだかねー」

「わしらは二千年もここにいるんだがなぁ」

「えっ、二千年ってどのくらい前……」

「一年の二千倍じゃ……」

「それくらいは分かるけど……」

「音は聞こえるまでに時間がかかるんだが、光というものは、すぐ届くんじゃー」

「その光が二万年もかかって届くところにも我々の親戚がいるって聞いたことがあるんじゃー」

「ふーん、まばたきするくらいのものが二万年かかるって？……」

「あっ、分かった」

「ものすごい速いものが、二万年も走ってやっとやっと玉子に見えるってこと？」

「ということは、『二万×ものすごい速さ』って事だ」

「ということはー、玉子、時々見えなくなるくらいの小さいお星さまとお話しているのは、光の速さで二万年も前のお父様とお話ししてるの？」

「もう死んでいる？」

「天は長生きということじゃから、二万年はまだ生きとるんじゃないかな」

「ふぅーん？」

「まだまだ、一億年もかかって見えるのもおるんじゃとー」

「一億年ってどんな、ねん？」

「うーん、わしもようわからん？」


「ところで、玉子たちは地球にいるんだよな」

「そう、地球だよ……」

「地球って、よう分からんけど、どんなところじゃ……」

「どんなって、どう言えばいいの？」

「例えば……」

「食べ物とか、持ち物とか……」

「うーん、時々おいしいもの食べたいし、お母さん、お金を使いたいから、お父さんに、『働いてー』って、いつも言っているよ。この間もデパートから大きな袋を抱えてきて一人で喜んで鏡を見ていた」

「おいしいものとか、そのお金ってなんじゃ？」

「知らないの？」

「お肉はおいしいよ。玉子も新しい靴買ってもらった時、光っていてきれいだったよ。みんな『わー、すごい』って言ったよ」

「ますます分からん。お金って持っているといいのかい……」

「そう、お金を持っていないと欲しいもの買えないの」

「ふぅーん、よくわからんのだな」

「だって、お星さまだって子供のころマンガとか欲しいものなかった？」

「おやつ食べたかったでしょ。お腹すくでしょ？」

「うーん、わしらは、小さなパンでおなか一杯になるんじゃ。ケンカさえしなければ、お腹はすくことがないんじゃー」

「いつもは、天のお父様の前でお祈りしていれば、なんにも他にいるものはないんじゃよ」

「えっ、働かなくてもいいの？」

「働くってなんじゃ」

「だからー、お金をもらうってこと……」

「だからー、その、お金っていらんのじゃよー」

「だって玉子の家では、お金の事でいつもお父さんとお母さんがケンカしてるよ！」

「このまえも大きな声で、大変だったよ」

「そんな変なものでケンカはよくないぞ」

「変なものって……でも玉子ほしいよ、お金、何でも買えるもの」

「だから……その、お金ってものはないからのー、買うってこともよくわからん？

……」

「それから、玉子たちは暇なときは何しとるんじゃ」

「うーん、お父さんはパチンコとか競馬」

「パチンコってなんじゃ」

「うん、玉子もよくはわからないけど、なんか財布に一万円しかなくても十万円になるんだってよく言ってる」

「ふーん、そしたら九万円は誰からもらうんじゃ」

「誰からって言われても……」

「だって、誰かが出さなくては計算が合わんじゃろぅーが」

「そうだね、帰りにお店の人からもらうんじゃない」

「地球には、そんな気前のいいお店があるのか？」

「子供は入れないからわかんないけど」

「そうか……」

「お母さんは？」

「お母さんは、パートがない日は、誰かに電話してからキレイな洋服着て町へ……」

「キレイってなんじゃ」

「キレイって、汚くないのよ！」

「新しくて、かっこよくて、洋服掛けから外れるくらいいっぱい洋服を持ってるよ」

「町へ行って何しとるんじゃ」

「玉子ついていったことないからわかんないけど、一回ね、『連れてって』と言ったら、『子供を連れていくとこじゃない』って怒られたことあるの。だから聞かないの」

「玉子は？」

「私はお星さまとお話ししたことを忘れないようにノートに書いたり、絵を描いたり、家の掃除をしたりして……」

「そうか、いい子だねー」

「いい子って言われたことないけどー。学校の勉強あまりしないから『勉強しなさい』って、いつも怒られてる」

「お星さま、もっといろいろ聞いていいよ、ねぇーもっと……」

「お母さんもお父さんも今夜はいないから……玉子お話ししたいから……」

「そうか」

「玉子、お友達いるか？」

「うん、玉子ね、お友達いないの」

「どうしてじゃ」

「だって、『玉子のたまご』とか、『ブス』とかいわれていつも悲しいよ。近づこうとするとみんな逃げるの、だから玉子も近づかないの。一人だけ玉子にお話ししてくれる子がいるだけ」

「そうか、こんどな、玉子からクラスの子に何かしてあげたらどうじゃ」

「なにかって？」

「そうだなぁー」

「掃除を嫌がる子がいたら代わってあげるとか、周りにごみが落ちていたら拾ってあげるとか、みんなの靴をそろえてあげるとか……」

「そんなことしたら、みんなにまた笑われるよ」

「笑われても、続けるんじゃ、そのうちみんなも、玉子がいいことしているなーって思うようになって、同じことをするようになるぞ。ほかの子たちのためになることが大切なんじゃ」

「ふーん、こんどやってみようかなぁー」

「それがいい、みんな、玉子に近寄って話しかけてくるかもしれんぞ」

「わかった」

「うーん、今日はいっぱい話したら、わしゃー疲れた。もう寝るぞ」

「じゃー、おやすみなさい。またあした、続きのお話ししようね、なんでもいいから」

「そうだな、雲がないといいがなぁー」

「うん。アッ、ちょっとまって」

「なんじゃ」
「うーん、いいよ」
「おかしな子じゃなぁー」
「お星さま、おやすみなさい」
「あー、おやすみ」

第三章　戦争

十年前、夕子は小さな居酒屋で働いていた。町はずれにある大きな会社の作業員が大勢飲みに来る、通称「親不孝通り」。浜風の通る狭い路地に、十軒くらい赤提灯がゆれている。

漁師の店、地酒・地魚・生寿司……居酒屋「のんべー」……。

毎日のように通ってくる客がいた。羽振りがよく酒が好きな客。飲みながら仕事の事、世間話、身の上話など……時には看板まで飲んだくれ、世話を焼かせていたのだった。親身になって世話をする夕子とそのうち二人で肩を組んで店を出ることもしばしばだった。

左官の仕事は、大工より日当が高く、結構お金になる。夕子は居酒屋を辞めた。

家に入ってみたが、専業主婦はどうしても馴染めず、近くのスーパーにパートで勤めだした。

仕事は惣菜係。背が高く、かっこいい係長からあれこれと手ほどきを受けることになった。近くに大きなスーパーが開店して売り上げが減ってきたと話があった。

住宅地にあるこのスーパーは、売り上げの大半は惣菜なので、しっかり並べて見栄えを考え売り上げを伸ばすようにと何回も言われた。

最近は、野菜を切る包丁さえ持たない家庭があるという。刻んだ野菜が沢山並べられているので、結構売れる。見栄えが売れ行きに影響するので陳列が最も大切、このように、という手本を示された。

「やってみて」

と係長の、夕子の手をとって教えるしぐさがやけに馴れ馴れしかった。

客が一番多くなる夕方五時、おなかをさすりながら、刻んだ野菜と玉子焼きの惣菜をショーケースに丁寧に並べていた時、

「夕子さんもうじきね。元気な赤ちゃんが生まれるといいね……」

と、後ろから先輩が近付いた。

「もう名前決まったの？」

「ん、名前、面倒くさいから……」

「『たまこ』にしようかな」

「どんな字？」

人差し指で「玉子」と手のひらをなぞった。

「えっ、旦那さんもそう言っているの」

「お父さんは、『お前、決めろ』ってほったらかしだから……」

「玉子って、『たまご』ってからかわれそうだよ。かわいそうじゃない？」

「……」


玉子は小学六年になった。

夕子は六時までのパートが終わり、家のご飯はこれから。まな板の玉葱に包丁を当てようとした時、包丁が切れなくて力を入れたら滑って指にあたった。あわてて傷口を押さえながら、

「まったくもー、包丁も研いでくれないんだからー」

とつぶやいて絆創膏を探した。

「あー、壁塗りの家、今日で終わった。和風は建たなくなったナー」

とぼやきながら玄関を開けた三雄。

「明日から仕事が無いなー、困ったもんだー」と言い終わらない内に、冷蔵庫から五〇〇㎖の缶ビールを取ってプルトップを一気に引いた。

夕子は振り返って見なくても、その様子は手に取るようにわかる。

「まだ若いんだから……左官がだめなら大工の仕事でも探してみたらー」

「大工の仕事はなくならないんじゃない」

と言うと、

「バカもん、オレはやっと左官を覚えたんだ。大工は大工の長い年季が要るんだ。今更小僧っ子と一緒に汗かく年季仕事なんか出来るもんか」

「まったくもうー」

「なんか一儲け無いかなー」

指をなめ、スポーツ新聞をめくった。

来る日も来る日も、パチンコ、競馬という生活が始まりだした。

「ほら見ろ」と笑い、テーブルに財布を立ててみせる日もあった。しかし今日は一升瓶を片手で掴んで仏頂面。

「あした、十万円おろしておけ！　一儲けして返すから……」

とコップ酒をあおっている。

大声で怒鳴り合いが始まった。夕子は、こんな男とこれからどうしたらいいのか自分でも分からなかった。

先月、デパートのレディースショップで流行の毛皮のコートを買った。間もなく預金から引き落とされる。残高がほとんどない通帳が目に浮かんだ。

玉子が部屋から出てきて、

「ねー、お父さんお願いがあるの、お母さんとケンカしないで……」

「お星さまは『いつもケンカしていたら最後には戦争になるから良くない』っていったの」

「それから、いつか戦争になるかも知れないので、色んな飛行機やキカイやバクダンなんか準備するのもテレビでやってたよ」

「お星さまは、戦争は一番だめなことだといってたよ、玉子もそう思う……」

「玉子、戦争きらいだよ。だって、テレビで戦争しているのを見たら、よその国ではお父さんとお母さん、子供が大勢死んでいるんだって。だからお願い、ケンカしないで！」

玉子は泣きじゃくりながら二階へかけあがって、物干し場へ出た。

「お星さま……、　……」

第四章　たんぽぽ

中学生になった玉子。


「あっ、このたんぽぽかわいいねー」

図書室で、『風の旅』という詩画集を見て思わず独り言。

「えっ、玉子はまだ子供なんだー、たんぽぽなんかかわいいのかい……」

と、近くにいた男の子が取り上げようとした。

「やめてー、玉子、よく見てみたいから……」

と強引に引っ張って睨みつけた。

「おっ、バカな玉子も怒れば力あるもんだなー」

と、ケタケタ笑って出て行った。

玉子は、ボタンがちぎれたブラウスをスカートに入れなおしながら深く腰掛け、シワになって破れそうな『たんぽぽ』を、両手でやさしく、やさしくのばした。

「いつだったか
きみたちが空をとんで行くのを見たよ
風に吹かれて
ただ一つのものを持って
旅する姿がうれしくてならなかったよ
人間だってどうしても必要なものはただ一つ
私も余分なものを捨てれば
空がとべるような気がしたよ」
と、小さな絵にこんな詩が添えてある。

じっと見つめていたら玉子は目が潤んだ。

誰が描いたんだろうと一番後ろをめくり、作者を探した。群馬県の、中学校の元体育教師。授業中に首のケガをしてしまって、手足を全く動かすことが出来ない。寝たきりの今でも口で筆を咥えて描いているとプロフィールにある。

もう少しページをめくった。

「神様がたった一度だけ
この腕を動かして下さるとしたら
母の肩をたたかせてもらおう
風に揺れる
ぺんぺん草の実を見ていたら
そんな日が
本当に来るような気がした」
と『なずな』の画に添えてある。

「すごいなー」

「どうして涙が出るんだろう……」

玉子は不思議に思えた。

きょうのお星さまに聞いて見ようと思った。

「お星さま、たんぽぽという画を見たの。この『たんぽぽ』を見るとどうしてなみだがでてくるの？」

　お星さまは、

「手も足も自由に動く、食べ物も自由に食べられる、行こうと思えばどこへでも行けるということは、ありがたいことだね。でもね、からだが自由にならないケガの人や病気の人がいるんだよ」

「不自由な体に鞭打って成し遂げたことはとってもすばらしいことなんだ」

「何不自由のない人間が、感謝を忘れてなかなかそうなれないことを『おごり』っていうんだよ。『奢り』という字は、大きな者と書くんだ。大きくなったり強くなったりしたときは気を付けなければなぁー。時々このことを思い出そうね」

「その体育の先生は、手も足も動かなくても、口にくわえた筆で描けることを心のそこから感謝して、たんぽぽに描かせてもらって、ありがたいという思いがあるんだね。それが人の心に染みるからだよ。それと、必要なものはただ一つ……というのがすごいなぁー」

「そうか、ありがたいという思いと、一生懸命が大切なのか……」

と、玉子はうれしくなった。

「お父さん、お仕事大変だったね、今日は寒かったでしょ。お風呂きれいにしておいたからゆっくり入って……」

「おっ、玉子どうしたの、久しぶりに喋ってくれたねー。うん、ありがとう」

「玉子に喋ってもらうとお父さん元気でるよ」

と言ってニコッと笑った。

玉子は父の笑った顔を初めて見たような気がして嬉しかった。

大工仕事を本格的に始めた父が、

「今日は雪だけど外仕事だ」

といって出かけたのを聞いていた玉子だった。

年取ってから年季奉公に入ったが、何とか一人前の大工として雇ってもらっている。いつもと違う仕事で疲れるのか、晩酌では俯いて、だまってお酒ばかり飲んでいる父を少し可哀そうだと思った。

第五章　厚い本

晩ご飯の時、

「玉子、高校は三つあるけど何処に行く考えがあるの？」

「そうだな、もう高校受験かぁー」

「うーん、あのねえー……」

と三人の会話が始まった。

「私ねー、聞いて欲しいの、お父さん、お母さん……」

「玉子、高校は受からないと思うの、頭悪いから。ほかの勉強がしたいの」

「どんな勉強？」

「うーん、お星さまと、お星さまのお父様のこと……」

と箸をおいて真剣な目で話し出した。夕子も三雄も玉子のこんな目を見たことが無い。

玉子のその目に釘付けになった。

「このあいだね、お星さまがね、何か困ったらとってもいい本があるよ。中学生ならよく読めばすばらしいことが理解できるよ。人間が生きていくうえで一番大事なことがいっぱい書いてあるんだよって言って教えてくれたの」

「その本の事を一生懸命に、そして心の底から勉強することにしたの」

「で、その本の勉強はいつ終わるの？　終わったらどうするの？　働かないと食べていけないよ」

と、母、夕子は矢継ぎ早に親としての心配な顔をした。

父はコップを持ったまま、口をあけてだまって聞いている。

玉子は続けた……。


「その本を勉強しながら、困っている人、苦しい人にやさしくしてあげる仕事がしたいの。その人が助かるかどうか分からないけど、力いっぱいやりたいの……」

「で、いつその勉強は終わるの？」

「うーん、一生かかっても終らないんだって」

「えっ、そんな本や勉強があるの？」

「うん、あるんだって……玉子、本屋さんで探してみる。お小遣いを貯めていたから自分で買ってくるよ」

　しばらくして、玉子は星を見てから自分の部屋に戻ると夜遅くまで読みふけった。中学生にはまだ難しいところがあるが辞書を引き、そして何より、よく分からないところはお星さまに聞いてみることが楽しみなのだ。学校の勉強はそっちのけだった。

　今日はどのお星さまにきこうかなと、いつもきいている大きなお星さまより小さなお星さまを探した。

　今にも消えそうな小さな星を見つけて、

「こんばんは。初めてのお星さま……」

　と話し出した。

「玉子、お星さまのいつもいう、天のお父様の勉強をしたいの……」

「そうかい、君がそうしたければそれが一番いいことだね」

「でも大変、…　勉強になるよ」

「死ぬまでそうかもしれないよ」

「それでも気持ちが　…　んだね」

　あまりにも小さなお星さまで、時々消えてしまい、すこし聞き取れなかった。でも意味がわかったような気がした。
「うん、玉子変わらない！」

あるとき、勉強机の上に厚い本があるのを見た母、夕子。カバーがかかっている。
そぅーっと開くと、

「聖書」

第六章　命

一年とすこしが経った。

玉子は、お星さまとのお話で決心してからその気持ちは変わらなかった。

東京の都心から離れた、丸京カトリック学園というところで学ぶことになった。門に十字架のあるかなり古い建物である。

ここは、学校のようなところではなく、先生と呼ぶ主任シスターと少し先輩の女性仲間九人。共同生活をしながら、聖書を学び祈りながら、ボランティアを中心に、そして質素な自給自足。畑を耕し、野菜を作っている。農薬を使わないので、虫にやられ、雑草に負けて大変な手間が掛かる。みんなで汗を流し草取りをして育てている。野菜は無人販売所にも出す。少し離れた大きなマンションの住人に「朝採り・無農薬」という口コミで結構売れる。このお金が共同生活の足しになっている。神を信じる仲間がみんなで助け合うことができて毎日が輝いている玉子だ。

東京とはいえ、周りは森の木が多く小鳥のさえずりもよく聞こえる。海が見えないだけで糸魚川と変わらないような所、数年の見習い生活もすっかり慣れてきた。

玉子は久しぶりに母に電話した。受話器を置いた時、窓越しから見えた先生（シスター）がノックして入ってきた。小さな電話室は椅子が二つしかない。

先生が一つに座って、

「おすわりなさい」

ともう一つに手を添えた。

「少しは慣れたかしら……」と微笑んだ。

「はい、もうすっかり慣れました。皆さん親切だし、いっぱい勉強できるし、屋上でお星さまとお話しできるし、病院の子供たちにも会うことができるし、今までやりたかった事が全部できるんで心から感謝しています」

「あっそう、それはよかったわねー」

「ところで電話はお母さんかな？」

「はい、何で分かるんですか」

「そうね、皆さん、やっぱり母が恋しくなるものなんです。生みの親ですから。家にいたときのような自由はないし、わがままも言えないし、携帯電話は禁止だけど、何時でもここへ来て連絡とってね」

と、主任シスター。

「それからね、困ったことがあればいつでも私に相談してね。ここでは、どんな悩みでも聞いてくださる天のお父様がいらっしゃるから安心よ。三人で心からお話ししようね」

「はい、先生、おねがいします」

といって電話室から出た。


自分の部屋に戻った玉子は、先程の母との電話を思い起した。

「お母さん、私、だいぶ慣れて来たよ、心配しないで」

「あっ、玉子、そう、良かったねー」

「お母さん、まだスーパーへ行っているの」

「うん、家にいてもしょうがないからねー」

「お母さん、出来ればスーパーやめてほしいんだけど」

「なんで」

「うーん、なんでもない……」

「変な子ね」

「お母さんの心配なんかしないで、そっちでしっかり勉強するんだよ」

「それは大丈夫だよ。みんなで十人もいるからなんでも教わるの」

「こっちでも、屋上はお星さまが一杯輝いて、見る場所が広いし、誰もいないし、いつもお話できるの。そして、先生がとっても優しくて、それに天のお父様も……」

「なんだかよく分からないけど、体に気をつけるんだよ」

と、母との会話の中で少し悔やんだところがあった。

玉子は朝早くみんなとお御堂にあつまってお祈りをする。この時間が楽しみだ。静かにしずかに自分の思いを祈ることが出来る。ゆったりとできる。


ある朝祈っているとき、五月のさわやかな風が玉子の頬を軽く撫でて通り過ぎた。横を見ると半分開いている窓から入ってきたのだ。

風が後ろを振り返った。

「玉子さん、お母さんのこと心配ないよ。いまはそうかもしれないけど、祈れば必ずその心配はなくなるよ。きっと……」

というかすかな声を聞き逃さなかった。

玉子は、心から祈ろうと思った。


しばらくして、今度はお父さんの事が気になって電話をした。

「お母さん、お父さん元気……」

「あっ玉子、久しぶりね、お母さん今ちょっと体の調子が良くないの。なんか心臓がバクバクして……お医者さんはね、ちょっとした不整脈だから、心配無いって言うんだけど、なんだか、夜中に心臓が止まるんじゃないかと思ってさー……」

「そうなんだなあー、しっかり薬飲んで早く治してね」

「薬はないんだって」

「えっ、そんな病気あるの」

「うん、ストレスとか、ちょっとした心配事とかでなることがあるんだって」

「お医者さんは、『リラックスして、日頃の生活を見直せば自然と良くなるんだ』って言ってた」

「ふーん、ゆっくり本でも読んだらいいのかなー、今度本買って送るよ」

「いいよー、お母さんバカだから、玉子の読むような本よく分からないよ」

「そんなことないよ。ゆっくりして、体を早く治してね」

「玉子、ありがとう。玉子ってやさしいねー」

「それからね、パートのスーパーね、もうじき倒産するの。今月一杯で、残念……」

「そうそう、お父さんね、とっても大きな建設会社へ入社することになったの。大工仲間から腕が良いって聞いた社長さんが『ぜひ入ってくれないか』と向こうから頼みに来たの。左官と大工の両方出来る職人は少ないんだって、給料はいっぱい貰えることになったの。仕事の心配なくなってほんとうによかったわー」

「わー、すごいねー」

「うん、でも、これからはしっかり貯金しようと思うんだ。今まで無駄使い一杯したからね。玉子の将来のために別の通帳で貯めておくからね」

「お母さんありがとう。でもね、玉子ここが本当に気に入っているから、将来のことは心配しないでいいからね。ほとんどお金が要らないの。自分たちで作ってる野菜とご飯はきちんとあるし、自分の持ち物は本を入れる袋とみんな一緒の制服だけだけど、何にも不自由はないの。みんな頂けるの」

「いいところだねー」

「うん、そう」

「それと、お母さんはね、これからのお父さんと仲良くしようと思う。飲んべーと短気は直らないと思うけどお父さんを受け入れてやろうと思うの。いままで喧嘩するたびにほかに気持ちを紛らわせようとしていたお母さんの方がいけなかったんだよ」

「そうねー、思い直してくれてありがとう……」

「自分の娘にそういわれると気恥ずかしいよ……」

「いいじゃない、親子だもん。それとお互いが人間だもの……」

受話器から、すすり泣く小さな音が聞こえた。


「アッ、今日ね、『マザー・テレサの一生』というお話があったの」

「小さい時から、神様とお話ししたくなって、一生神様のおっしゃることをみんなに伝える仕事をしたんだって」

「中でも、ノーベル平和賞の授賞式の参加には、白地に青いふちのついたサリーの上に、セーターといつも履いている革の草履姿でメダルと賞状と賞金を頂いたんだって。そしてね、その場においては、『私のための夕食会は不要です。その費用はどうか苦しんでいる人々のためにお使い下さい。このお金でいくつのパンが買えますか』と言ったそうよ」

「そのほかの賞も沢山貰って、その賞金もすべて貧しい人たちのために使ったんだって。困っている人たちを最も愛したんだって、頬ずりしている写真いっぱい見たよ」

「そう、すごい人がいるんだねー」

「玉子もね、玉子ものすごく感動したよ、涙が止まらなかった」

「玉子もね、マザー・テレサの百分の一でも千分の一でもやりたいと思う。本当にそう思うの」

「うん、玉子はそう思うんだったら、一生懸命にやったらいいと思うよ。お母さんお父さんもこっちから応援するからね」


またしばらくして、お母さんの病気がどうなったか電話した。

「お電話ありがとうございます。ただ今、九州長崎地方へ主人と旅行に出かけています。浦上天主堂など巡ってきます。帰りましたらお電話差し上げますので、ピーっと鳴ったらご用件をお話ください」

と留守電。

「お父さん、立派な会社へ入れてよかったね。お母さん、体調回復してよかったね。二人で旅行楽しんでね」

「玉子も元気です。今日はこれから、難病でまったく体が動かせない入院患者の病院へ行ってきます。一生懸命祈ってきます。旅行から帰ったら、患者さんが少しでも良くなるように祈って下さい……それから、玉子の部屋の勉強机の引き出しに小さな十字架が入っています。お母さんとお父さんの部屋にもっていって、いつでもお祈りできるようにして下さい。お願いします」

と、受話器を置いて出かけた。

病院の受付で今日の予定を話していると、

「ありがとうございます、皆さんの来るのを患者さんは待っています。どうぞお入りください……」

看護師さんが早足で近づいて来た。

病院というと何か暗いイメージを持っていた。消毒のにおいがする廊下の壁には「絵手紙」がたくさんあった。

「この病院の患者さんや家族が心をこめて書いたものです。その心にぜひ触れてみてください」

とコメントが小さくあった。

一枚に立ち止まった。

「優子、手足がとっても痛いとき、看護師さんの顔を見ると痛くなくなるの。天使みたいなおばさんだからかなぁー」

小さな女の子が少しシワのある看護師さんに頬ずりしている。

天使のおばさんがとってもユニークだなと思い、もう一枚に目をやると、

「おとうさん、私誰だかわかる？」

「うーん、わからない」

「うん、いいよ、今わからなくてもいいよ。きっと思い出すよ。なにより神様は私たち夫婦のことよく知っているよ。二人でほんとうに長いこと頑張ってきたんだもの」

「祈ろうね、お父さん」

老夫婦が頬寄せ合って手をつないでいるクレヨン画。

玉子は目頭を押さえた。

案内のあった病室へ入ると、ベッドに横たわる女の子から、

「おねぇーちゃんありがとうー」

と小さな声が聞こえた。手も足も動かないようだ。しゃべるのもつらい様子。

「うん、いいよ、無理してしゃべらなくても……」

微笑んで手を握った。とっても暖かい手だった。外が寒かった。冷たい玉子の手がこの子から暖かさをもらった。

「ねー、おねぇーちゃんの手がやっと暖まったわ、ありがとう」

というと、

「ゆうこ、もう片方あるからこっちの手でも暖めてあげるよ。毎日寝てばかりいるから、手は暖かいの」

動かない手を目で追った。

「わー、ゆうこちゃんありがとう」

「どんな字かなー?」

というと、
ベッドの「鈴木優子、十歳」という名札へ目配せした。

「とってもいい名前ね」

「私のお母さんもね、ゆうこっていうの」

「そうなんだー、おねぇーちゃんのお母さんも優しいでしょ」

「うん、今はね……優子ちゃん、外の景色見に行こうか」

「今日はいいお天気だよ」

といいながら車椅子で、三階の談話室に向かった。


自分の手が動かないのに私の手を暖めてくれるなんて、なんと思いやりのある子だろう……とゆっくり押していると、

「おねぇーちゃん、優子の病気は治るのかなぁー、おねぇーちゃんみたいに大人になる前に死んじゃうんだろうかなぁー」

と言い出した。

「そんなことないよ、一生懸命に祈れば、天のお父様はきっと治してくださるよ。お父様は子供を助けないわけ、絶対に、絶対にないよ」

というと、

「どうやって祈ればいいの……」

「そうねー」

「さっき優子ちゃん、息をするにも苦しいようだったけど？」

「うん、さっきはねー、おねぇーちゃんが来てくれて唯うれしかっただけ。前にはとっても苦しかったんだけど、いまは苦しくないよ。でも……手も足も動かないんで、寂しいの、辛いの……」

「そう、きっと息が楽になったのは誰かが祈ってくれたからだよ。手と足もきっと動くようになると思うよ。また誰かが、優子ちゃんの手足が動くようにしてください。って、必ず祈ってくれるから……死ぬほど苦しい人は祈れないかもしれないけど……」

といった途端、

「そうか、優子よりもっと苦しい人がいるんだ。その人のために祈ればいいのかぁー」

「そうすると天のお父様が祈りを聞き入れてくれるんだぁー」

と目を輝かせたのだ。

玉子は教えているつもりが反対に教えられてしまった。

談話室から、こんもりとした丘が見える。木々の紅葉が終わりかけている。

「みて、ほら、優子ちゃん、木の葉が散ってきたね」

「うん、木の葉っぱが黄色くなって落ちるんだねー」

「何で落ちるのかなー」

　というと、

「うーん、かれるから？」

「うーん、それはそうだけど、落ちた葉っぱが来年の春、近くの木の栄養になって、再び新しい芽が出るための栄養として役に立つんだって聞いたことがあるよ」

「そっかー、自分がかれても、新しい芽のためになるってことかー。自分が死んでも、ほかの何かの役に立つんだね」

　……

「アッ、そういえば優子ね、ゆで卵が好きなんだぁー。ゆで卵ってゆでる前は生きているんだよね」

「そうね、鶏のお母さんが温めてやるとヒヨコが生まれるのは、生きているからだよね」

「ゆでられるとき、きっと熱いと思う。優子だったら『たすけてー』っていうかも」

「そうだねー」

「でも、優子、ゆで卵食べたら元気でるよ。ということは、ゆで卵ちゃんが、死んでても優子のおなかの中で元気をくれるってこと？」

「ゆで卵に『ちゃん』つけたらかわいくなったねー。そうよ、きっとそうだよ。おねぇーちゃんも本当にそう思うよ」

「……」

「おねぇちゃん、どうしたの？」

優子はこっちを向いた。

玉子は、小さいころ、

「たまご、たまご、玉子のたまご……」

とからかわれて泣いていたことを思い出した。

「まんざら悪い名前でもないな」

と、優子に「ちゃん」をつけてもらって、吹き出しそうになったのをなんとか堪えていた。

とてもやさしくて賢い優子のような妹を欲しかった。

「優子ちゃん、おねぇーちゃんのこと、本当のおねぇーちゃんだと思ってもいいよ」

「ありがとうー、おねぇーちゃん」

「おねぇーちゃん、またいつ来てくれるの？」

「うん、ほかの病院もいかなきゃならないんで、こんどいつかなぁー」

「あしたはだめ？　ねぇー、ねぇー……」

「あした？　そうねぇー」


　病院から戻った玉子に、シスターからお呼びがあった。

「玉子さん、きょうの病院ではどうでしたか？」

「はい、きょうは、優子ちゃんという十歳の女の子だったんです。教えようとしたら反対に教えられてしまいました」

「そうね」

「教えるということは、いつも教えられるということなんですよ」

「はい」

「で、先生、私……ちょっと気になるんです。優子ちゃんが、今度いつ来てくれるの？　あしたじゃだめ？　とせつながるんです」

「そう、あなたの祈りが心に染みたんでしょうね。いいわ、あしたも行ってあげて」

「私たちは、天のお父様から教えてもらった事を、病気の人、苦しい人、辛い人、戦争をしようとしている人、ケンカばかりしている人たちにたくさん伝えて、そしてその人たちからもいっぱい教えてもらおうね。天のお父様が一番喜ぶと事だと思いますよ」

玉子は、

「はい、先生」

と力を入れて頷いた。


次の日の朝、お御堂から真っ先に出て、病院へ急いだ。

「あっ、ありがとうございます。じつは……昨日あなたが帰って間もなく優子ちゃんの様態が急変して、……」

と、いつもの看護師さんが案内してくれた。

ナースセンターのすぐ前の集中治療室。

「ピコーン……ピコーン」

遅い心電計の音が廊下まで聞こえる。

玉子は、忙しく動き廻る看護師さんの邪魔にならないよう気をつけながら、ドアのノブに下がっている『絶対安静』という札に手を添えた。

しばらく祈っていると、
ナースセンターが騒々しくなった。耳を済ました。

「バイタルサイン低下中……」

「ドナー準備……」

というスタッフの声が聞こえた。

「えっ、ドナーって、まさか……」

玉子はまだ間に合うと信じて、震える手に力を入れた。

「天のお父様、優子ちゃんは自分の命が長くないという事を知っているようです。自分の命がほかの人に役立つと信じたのです。でも、もう少しお願いです。お願いです」

「そして、私のような、なんの力のない者がお祈りすることをお許しください」

と、ひざが崩れた。


玉子は、肩に触られた気がして、「ハッ」とした。

「床は冷えますから、こちらの部屋でお休みいただいたほうが……」

と看護師さん。

「はい、ありがとうございます」

いつの間にか廊下の隅にうずくまっていた。時計を見ると昼近く。

「でも……」

と言うと、

「山は越えたようですね」

「祈っていただいたおかげです」

「でもまだしばらく会話できませんから……」

と、談話室の畳の部屋へ誘ってくれた。

「いいんですか？　使わせて頂いて」

「どうぞ、どうぞ、すこしお休みください」

玉子は、手に握っていた十字架を静かにテーブルに置いた。袋から厚い本を出し開いてそっと手を重ねて目を瞑った。

数日後、シスターから
「お電話よ、玉子さん」
と呼ばれた。

急いで電話室へ入ると、

「いつもありがとうございます。順調に回復しています。優子ちゃんが、『おねぇーちゃんとお話がしたい』って言っています。何時でもおいでください」

「ごめんなさいね、そちらの都合も聞いてみないで……」

明るい声が受話器から。

「はい、いいんですか。待っていたんです。私も会いたくて、おしゃべりがしたくて、これから行けるように準備しますので優子ちゃんに伝えてください」

息をはぁーはぁーとしながら病室へ入り、

「優子ちゃん、よかったねー、息が楽になって、息が出来なくなるって本当に苦しいよね」

「うん、優子ね、苦しい時、手がだんだん冷たくなっていったの、おねぇーちゃんを思い出していたらね、おねぇーちゃんが手を握ってくれたの。しっかりと。暖かかったよ。そしたらね、こんどは反対の手も冷たくなって、そっちも暖めてくれたの」

「体中温かくなって目が覚めたら、おねぇーちゃんがいなかったの」

「それって、おねぇーちゃんが祈ってくれたからでしょ」

「うん、おねぇーちゃんというより天のお父様が、そうしてくれたんだよ、きっと」

「そうか、天のお父様はなんでもできるんだねー」

「そうよ、なんでもできるの」

「お祈りすれば……」

「そうそう、ここに来る時ね、看護師さんがね、優子ちゃんが苦しんだあの日、『大きな交通事故で、優子ちゃんの隣の集中治療室に大けがで運び込まれた人が亡くなったんです。最近歩道を歩いていても車が飛び込んでくるんですね。この病院の前も大きな交差点があるから皆さん来る時気をつけてお願いしますね』って言ってた」

「交通事故って大勢の人が死んでいるんだねー、優子も祈るね」

と元気な声。そして、

「おねぇーちゃん、その人のことお祈りしようよ」

「あっ、そうだね、お祈りしよう」

袋から取り出しそっと優子の手においた。

「これ、なに?」

「うん、十字架といってね、そうね、本当はもっと大きなのがあるんだけど、ちょっと小さいけど、大きさや形じゃないよね」

「おねぇーちゃんたちね、今、形と本物の違いを勉強しているところなの。普通はね、私たちは、誰かに形よく見えるように色々やっているけど、そんな形はどうでもいい事なんだって。人に見える形より、天のお父様にありのままの自分を見て頂いて知ってもらうほうが一番いいことなんだって。人の前で綺麗な事を言っていても、天のお父様の前で嘘をつくようことは一番いけないこと。人の前で嘘を言っても、天のお父様の前で本当の自分をさらけ出したほうが喜んでもらえるんだって……」

優子の方をみると、

「優子ね、隣の部屋にいた人、交通事故で大変そうなこと、大きな声が聞こえて分かっていたの。優子祈ってあげられなかったの。だってさ、優子だって苦しかったんだもの。目がさめて楽になった時にも、『ごめんなさい』って言えなかったの。自分のことばかりお願いしてたの」

「そう……」

二人で話が途切れたそのとき……、

「天国で、お星さまのそばでゆっくりお休みください。もしかして、あの時優子もいっしょに天国に行ったかもしれないけど、優子を残してくれたんですね。世の中から、交通事故というものがどうかなくなりますように……」

「優子を生かしてくれてほんとうにありがとうございました」

と小さな声が聞こえた。


玉子は、びっくり。

「エッ、優子ちゃん、今の祈りすごいね」

というと、

「交通事故って人間が死ぬんだね。自動車って便利だけど……」

二人でまたしばらく沈黙が続いた。

……

玉子は、

「そう、そうなんだね。昨日かなー、テレビで、人間が運転していなくても走る『自動運転の自動車が完成』とやってたのを仲間みんなと見ていたの。みんなも、『やだぁー』っていってた」

「自動運転って、運転しなくても走るってどういうこと?」

「うん、おねぇーちゃんもよく知らないけど、行きたいところまで教えると、コンピュータが人間の代わりに運転するんだって」

「えっ、コンピュータが運転？」

「そうみたいよ」

「でも、危ないと思った時どうするの？」

「自動でブレーキがかかるんだって、曲がった道はそのとおりに曲がり、横断歩道に人がいれば自動的に止まるんだって……」

「コンピュータが故障すればどうなるの？　事故になるよね」

「そうね、あぶないよねぇー」

「なんで、そんなことしなければいけないの、優子、交通事故いやだ」

「おねぇーちゃんもよくわからないけど、人間は出来るだけ楽をしたいと思うからかなぁー」

「楽になったとしても、もし大勢乗ってる車で事故があれば、今度は大勢の人が死ぬんだよね。優子いやだ」

「おねぇーちゃんも運転手のいない車乗りたくないよね」

　と聞かれ、

「そうね、やっぱりコンピュータより人間のほうがいいな」

ジュースを飲んで、また会話がすこし途切れた。

その時、

「最新鋭戦闘機大量発注」と大きな音が流れ、戦闘機が飛ぶ様子がテレビに映し出された。

優子は戦闘機が勢いよく飛ぶのを見て、

「おねぇーちゃん、この飛行機、お客さんが大勢乗れないみたいだけど、たたかうための飛行機なの？」

と言い出した。

「そうみたいねー」

「これからたたかうときに使うのかねー」

「うーん、日本から戦争はしないと思うんだけど、どこかの国にいじめられた時のために必要なんだって」

「えっ、いじめられたらいじめ返すのぉー」

「いまはそうみたい」

「それって、だめじゃん……」

「だって、『いじめられたら、いじめる人をどうしていじめるのかよく聞いて、その人に近づくことが大切だよ』って入院する前優子の先生が言ってたよ」

「いじめられたら、いじめ返すってことはケンカだよね。いつもケンカしていると、いつかは戦争になるんだって……」

　と目を輝かせた。

「優子ちゃんすごいなー」

「優子のネ、学校の先生とっても優しかったよ。いつもゆっくりと何回も教えてくれるの」

「本当にいい先生ねー、おねぇーちゃんのいまの先生も優しいよ」

「いまって、昔の先生は優しくなかったの？」

「うーん、おねぇーちゃんのほうが手をやかせたからね」

「いっぱいおしゃべりしても息が苦しくない？」

「うん、大丈夫。だって、こういうお話していると体が温かくなってくるから」

「おねぇーちゃん、優子が看護師さんの前の部屋にいるとき、手を温めてくれてありがとう」

「うん、あれね、きっとお星さまだよ」

「そうかもしれないけど、おねぇーちゃんだってお星さまだよ」

「優子ちゃんすごくうれしいこといってくれるんだねー」

「だってそう思うもん」

「ありがとう。今日はね、別の病院へもいかなければならないからこれで帰るね」

「うん、きてくれてありがとう」

玉子は病院を出たら寒い風が……。優子からいっぱい温かさをもらった。心であたたまった手は手袋よりあったかい。


病院前の大きな交叉点、横断歩道が赤信号。自動車がすごいスピードで走っていく。

「天のお父様、歩道を歩いている子供がどうして犠牲になるんでしょうか?」

「どうか交通事故がなくなりますように」

と、病院を向いて、袋に入っている十字架を手探りで優しく包んだ。

すぐ後ろの人が、

「信号は青ですよ!」

と優しく言葉をかけてくれた。

玉子は次の病院へ向かうため、急ぎ足で商店街のアーケードへ入った。

「あっ、すみません、お願いします」

後ろから声が聞こえた。

なにかと思うと、

「すみません、この子にオッパイをあげたいので少し手伝ってもらえませんか」

子供を抱っこして手に大きな荷物、なんか困った様子。

玉子は、

「いいですよ、何をすればいいの？」

と言うと、

「人通りが激しいのでオッパイを飲ませる陰になって頂けますか？」

と言う。

「はい、いいですよ」

アーケードの奥まった食堂の店先のタイルにしゃがんだ。

「どこから来たの、何て名前？」

「はい、新潟からです。明美といいます」

「新潟のどこ？」

「はい、上越です」

「えっ、上越って、糸魚川の隣の？　私も中学まで糸魚川なの、上越まで車で二十分くらいの能生木浦なの」

玉子は、初めて会うこの子に、同じ郷里の友達のような親しみをもった。


「そう、大変ねー、乳飲み子をかかえて……」

「はい、両親が離婚して、私は母親のほうにいたんですけど母は、お酒が好きで、飲むと必ずケンカになるんです。『あんたみたいな子供はでていけー』っといわれて……」

「あなたいくつ？」

「はい、十七です」

「えっ、私と同じ。この子はいくつ？」

「もうじき一歳です」

「えっ、この子、あなた十六で……」

と言うと、

「はい、高校生の同級生と……」

「そうなんだー」

「まー、いいからたくさん飲ませて」

　店員が出てきて、

「困るんです……。こんなところでオッパイなんか飲ませて、お客さんが入れないじゃないですかー」

　と大きな声が……。

「はい、す、すみません」

　玉子は謝って、向こうへ行こうと手を差し出した。

　どこも混雑していてなかなかいい場所が無い。玉子は、

「こんなふうでもいいかな……」

　と言いながら、自分の着ている上着を脱いで、陰をつくった。

「ありがとうございます」

　オッパイを含ませながら、

「実は今お金が……」

「上越へ戻りたいんですが、ここに五千円、通帳に五千円しかないので、新幹線に乗れないんです。在来線は時間かかるけどしょうがないですよねー」

「そうぉー、どうして東京へ来たの？」

「はい、上越で、ちょっと知り合いになって追いかけてきたんです。その人が東京の建設会社へ長期の出張だって聞いたから……」

「えっ、その人とも仲良くなったの？」

「はい、私、食堂でアルバイトしていて、その客と……」

「そう……」

「でも、その人、この子のこと、どんな風に思っているの？」

「最初は、『子供は可愛いから……』といって可愛がってたの。でもそのうち、ぐずって泣いたら……『うるさいなー』とか言って嫌がるんです。しばらく一緒に暮らしていたんですけど、お互い話もしなくなって、だめかなーと思って上越へ戻ろうとアパートを出てきたの」

「そう、自分の子でもきつい時あるからと聞いたことあるよ。本当にその人のこと好きなら我慢することだね。でもあまり簡単に好き嫌いにならないほうがいいと思うよ」

「うん、はい」

「だって、『人が人を好きになること』という勉強が先日あったの、その時ね、こんなことに感動したよ」

「人を好きになったときの一番大事なことは、自分がどれだけその人にしてあげられるかどうかなんだって。自分が何かしてもらうことじゃなくて」

「普通は、自分に一生懸命にしてくれる人を好きになってしまうんだけど、それは違うんだって」

「そうなんだー」

「そう、だから、あなたは、帰ろうとしないで、今日からその人に何か心からしてあげたらいいと思うけど、どうー」

「例えば、建設業って汗かいて毎日働くんでしょ、帰って来たら冷たいお絞りでも出して、優しく迎えてから、心を込めたお料理なんかつくってお話しながら食べたらー」

「お料理なんてあまりできないよ。味付けも知らないし」

「上手でなくてもいいの。その人のためにどれだけ自分の時間を使ったか、どれだけ思ってつくったか、なの。本を見たりして一生懸命にやることが人の心を打つんだと思うよ」

「おねぇちゃんて優しいんだねー」

「自分ではそんなにとは思わないけど」

　同い年におねぇーちゃんと言われてちょっとおかしかった。

「うーん違うよ、少し前ね、二、三人に声かけたの。私の荷物と、この子をじっと見て、

『関わらないほうがいい』と言うような顔して手を横に何回も振ったの。私だって、この子が泣いてオッパイ欲しがるからやろうとしたけど、やっぱり人目が気になって、それで、誰かに影になってもらいたかっただけなんだけど」

「うん、わかるよ。困っている人は、本当に困っているんだという事が見えるよ。困っている人を助けたいと思うのは自然の成り行きだと思うんだけど」

「ありがとう、助かったわー。おねぇーちゃんみたいに、私も困っている人を助けることができるようになりたいけど、なれるかなー」

「なれるよ、きっと」

「うん、じゃーもう一度アパートへ戻ってツー君のこと大事にしてみる」

「うん、それがいいと思うよ……」

玉子は、すっかり時間を忘れていた。

次の病院へ着いたとき、

「どうなさったんですか！　予定どおりにおいでいただかないとこちらのスケジュールが狂うので困るんですよ」

と、受付に記入していると大きな声が後ろから……。

振り返ると、若い看護師さんが仁王立ちして目を縦にして口を尖らせて……。

「はいすみません。ここに来る途中でちょっとした困っている人がいたんで……」

と、言うか言い終わらないうちに、

「困っている人なんかここにも大勢いますよ。そんなことイチイチやってたら……」

と大声で怒鳴り散らしたのだ。

さも、こっちの困っている人を相手にして貰わなければ、自分が大変なのだといわんばかりだ。


玉子は、そうだよな、みんな忙しいのに、夜勤明けで早く帰りたいのに私が遅かったから迷惑だったんだなー、と自分に言い聞かせた。

でもすごく気持ちが落ち込んでしまい、膝がガクンと折れそうになった。


「すみません、遅くなって……」

と、病室へ入ったとたん、

「あなたたちはボランティアかもしれないけど、私たちは生活がかかってるんですよ。夜勤明けで早く家に帰りたいのに……。でも院長は『係りの人は最後まで責任を持ってください』の一点張り。早く病室の子供たちのところへ行ってください。あと、十五分くらいで終わってくださいね」

子供たちの心を十五分で掴めと言われても……。と思いつつ、つぶやいた。

自分のしたことが原因で迷惑をかけたんだから仕方が無いけど、やっぱりあの時、自分のしたことの方が正しかったのか、と不安を持った玉子だった。

帰ってから先生に相談した。

夕方のお祈りが終わり、食事も終わってのひと時、

「実はこんな事があったんです。…………」

「そう、そうねー、あなたがしたことは間違っていないと思うわ。それはね、両方上手くいかなくても、自分が信じることのほうが上手くいったら良いのですよ」

「そんな時はね、こんな祈りはどうかなぁ」


「天のお父様はね、私たちが祈る前からそのことはよくご存じなのよ」

「だから、言葉は一杯要らないの」

「そのことに気づいたあなたがあればそれでいいの」

……言葉で埋め尽くさない祈り……

◇誰もいないところで……

◇黙って手を合わせ……

◇しばらくして……

◇「今の私はこのとおりです……」

◇と言って……

◇しばらくして……

◇お言葉を少しだけくださ い……

「必ずお言葉が聞こえてくるのです。それを聞き逃さないようにするだけでいいのです」

「反対にね、自分が良い行いをしたとき、間違えないようにしたほうがいいですよ」

「それはね」

◇それが人に見えないように……

「右手で施しをしたとき、左手に伝えてはならないという聖句があるのですよ。その隠された行いは必ず報われるということなの」
「はい、そのようにおっしゃって頂けたら気持ちが楽になりました。ありがとうございます。わたしも病院のほうも気になったのですが、こちらのほうがだいじかなーと思い……」
「そうよねぇー、人間って判断に迷うことがあるよね。
その時は、自分を信じて、
神様を信じて行動すれば、
きっと取り成してくださいますよ」
と優しく微笑んで、もう部屋に入っておやすみなさいと言うしぐさが、玉子はうれしくてならなかった。

しばらく経ったある日、病院からの帰り道、歩道の垣根越しから、

「おねぇちゃんー……」

と聞こえた。

聞き覚えのある声と思いながら振り返ると、先日の明美ちゃん。元気な赤ちゃんが、

カンガルーのように胸の袋から顔をのぞかせている。

「あっ、この間の……元気そうね、田舎へ戻らなかったんだぁー」

「はい、あの時ね、言われたとおりツー君にいろんなことがんばったの。安心して働けるように元気の出るご飯を作ったの。お風呂、ぴかぴかになるまで磨いて、湯加減を何回も見て……そうしたら、『こんな気持ちのいいお風呂は初めてだ』って喜んでくれたの。『俺も今までいろんな女と付き合ってきたけど、お前のような優しさに会ったことなかった。お前のおかげでしっかり稼ぐから、二人でこの子の幸せを掴もうな』って言ってくれたの。私嬉しかった。こんなに嬉しかったことない。だって、今まで、お父さんやお母さんとケンカばかり。それよりお母さんに抱きしめられたことなかった。お父さんとは面と向かってお話したこともなかった。この子は宝物みたいに思えて……。毎日抱きしめているの。するとね、天使みたいな顔して笑うの。神様から頂いた大切なこの子、しっかりと育てていきます」


玉子は胸をなでおろした。

「そうね、あなたは決して『軽々しく』はないわね。謝る。前に会ったときはね、『軽薄な女の子』と思ったの。ごめんなさい。ここで謝るわ」

そのあと、お互いの生い立ちなど話しながら、元気にブランコ遊びをする子供たちを目で追っていた。

公園のベンチが赤く染まった。欅の木の枝の隙間から夕日が差し込んできた。

「あっ、もうこんな時間……」

右腕を見て……、

「私これから御ミサがあるの」

「御ミサって?」

「うん、私たちにとっては一番大切な時間なの。神様に会える一番大切なひと時なの。今度あなたもどう?」

「誰でも行ってもいいの?」

「そうよ。誰でもいいのよ。神様ってどんな人でも大きく手を広げて迎えてくれるの。特に困っている人、いけないこと一杯した人は大歓迎なんだって」

「えっ、そんなー。だって信じる人でなくてもいいの」

「そんなことありません。絶対に、私も家族も普通よりずぅーっとダメだけど、ちゃんと受け入れてくださったのよ」

「神様ってそうなんだー」

「ただね、一つだけ条件があるの。条件っていうか……」

「どんなー」

「うーん、そうだねー」

「うまく言えないけど、つまり祈ることよ。信じて祈ること……」

「信じるって……」

「万一、祈ることがそうならなくたって、それは自分が至らなかったためで、神様の所為ではなく自分の所為なの」

「だから、一生懸命に祈れば必ず神様が手伝って下さるってことを信じるのよ」

「神様を信じなければ何も始まらないの」

「その為には自分が至らないこと、ダメなこと、全部ぶちまければいいの。人には言えないことってあるじゃない。でも神様には内緒は通じないの。人に嘘は言っても神様には本当の事を話さなければならないの」

「簡単に言えば……、信じる人を神様は見捨てないということ」

「よかった。会うことができて。また今度どこかで会おうね。明美ちゃんとはもうお友達になったんだから、お話いっぱいしようね。おねぇーちゃんにもいろいろ教えてね……」

と言って別れた。

人間っていろんな生き方があるんだなー、としみじみ思いながら歩道に出た。石畳の市松模様を目で追って、足が軽くなった気がした。

第七章　母の病気

「玉子さんお電話です。電話室へどうぞ」

と館内放送があった。


「あっ、お母さん。どうしたん。声が弱いよ、心臓はどう？」

「うん、心臓はあれからドキドキしなくなったけど、今度は体がだるいし、のどが渇くし、トイレばかり通うし、痩せてくるし……」

「そう、胃腸が弱ったのかねー」

「今のところでは『胃腸は問題ない』って言われたけど、『今度、血液の精密検査をしますか』って……」

「あっ、そう。何が原因だろうかねー」

「それからね、『外食とかコンビニ食ばかりだと野菜のミネラルが足りないから、家庭料理中心に食生活改善をやって下さい』とも言われた」

「そうだねー、わりと買ってきたものが多かったからねー。特にカップ焼きそばとか……」

「うん、そうだったね。これから家で作ってお父さんと食べるようにするわ。特に大根の煮しめとか、煮豆とか、里芋ののっぺ汁とか」

「うん、それがいいよ。玉子たちね、ここでは栄養の勉強もあるの」

玉子は、立て続けに、

「人間は元々草食動物だって。やっぱり野菜は大切なんだよ。特に、根菜類はね。それから緑色の野菜はね、人間の心に影響を及ぼす力があってね、『カラーセラピー』と呼ばれる心理療法があるほどなの。それはね、気持ちを穏やかにしてくれる効果があってね、食べて栄養を摂るだけでなく、目からも健康になるんだって」

「野菜って偉いんだねー」

「それとね、大豆を食べればいいんだって」

「大豆って言われても、毎日食べるのは……」

「説明が悪くてごめん、ごめん。大豆を使った食品でお料理を作るということ。例えばお味噌汁、豆腐なんかのこと。大豆のタンパク質をきちんと摂れば、お肉はあまり食べなくて足りるんだって。お肉もたまにはいいんだけど、動物性の油ばっかりだと色々体によくない事が起きるんだって……」

「だいたいお母さん、お味噌汁とかお豆腐とか嫌いだったよねー。牛肉や豚バラ肉なんかと甘辛いタレが大好きだったよねー。そして、塩辛いもの沢山食べてたよね」

「そう言われてみればそうだね。これからは、おちょこでお刺身が泳ぐほどお醤油掛けないから……」

「そうよ、血圧に悪いよ」

「うん、玉子、まだ他の事習ったら紙に書いて送ってよ。お母さんよく見て料理の参考にするから……」

「そうだね」

　と言って、

「そうそう、留守電に入れておいたけど、十字架掛けてくれた？」

「十字架はあの時すぐ掛けたよ。寝ていてもよく見えるところへ……」

「そして、『病院の子に祈って』と留守電のメッセージを聞いたから、お父さんと一緒に祈ったよ」

「そう、ありがとう」

「でもどうやって祈ればいいのかわかんないから、『天のお父様、お星さま、信心の無い私たちが祈ることをどうかお許しください。どうか玉子の行く病院の子供たちの病気を治してください』と言っただけだけど……」

「わー、すごい、それでいいんだよ……」

「天のお父様は、祈る人を大切にしてくれるんだって」

「人の為に祈る、と言う気持ちが入っていれば、形や場所はどうでもいいんだって……」

「でも、出来るだけ教会で十字架の前でお祈りすれば、一番喜んで頂けるんだって」

　母は、

「そう、海岸のトンネルを抜けると丘の上にあるとんがった赤い屋根が、あれって教会かなー」

「そう、玉子そっちにいるとき、ときどき内緒で行ったことあるよ。その時ドキドキしながら行ったの。見つかったら怒られる思い、日曜日でお母さんに電話が掛ってきた時、何時頃帰るかそぅーっと聞いていて出かけたの。一度も見つからなかったけど。そう、そこよ、行ってみたらー」

「お父さんと行ってみようかなー」

「そうしてよ。そして、子供たちの事いっぱい祈ってね」

「うんわかった。自分の体の事も祈っていいんだろ」

「それは最後にしてね。だって、他の人の為にと、自分に見返りの無い人の為に祈ることが本当の意味があるんだよ……」

「それって、なんか損だよね。自分に何にもならないのにそうするなんて……」

「ううーん、損なんかじゃないの。玉子、今そのあたりの勉強をみんなでやっているの。だいぶ分かってきたよ」

「難しい勉強してるんだねー玉子は」

「学校の勉強より難しくなんかないよ」

「ふーん」

「玉子、こっちでも祈るからねーお母さんの体……」

「うん、ありがとう」

「長崎の大浦天主堂はどうだったの？」

「そうそう、すごく立派な建物で天井は高く、色のガラスがきらきら光って本当にきれいだったよ」

「建物じゃなくて、お祈りよ」

「うん、私はただ手を合わせていただけ。お父さんたら、手を二回たたいたから、『神社じゃないから手は叩かないほうがいいんじゃないの？』っていったら、『あっそうかっ』って顔をあかくして、頭掻いていたよ」

「それからね、お父さん建設業関連の仕事だから、会社では毎朝神棚に手を合わせるんだって。榊の飾ってある神棚に……そしてね、私に聞くの『神棚の神様と玉子の神様と違うのかなー』って。お母さんに聞かれてもよく知らないんだけどぉー」

「玉子もよくわかんないけど、こんど先生に聞いてみるよ。たぶんいきつくところは同じだとおもうよ」

「なんだか、お父さんとお母さんのわからないもの同士がお祈りしたってダメかもね」

「そんなことないよ……。そう、二人で楽しかったんだー」

「うん、ホテルの料理もすごいし、ベッドも何とかと言う名前のすごいのだったよ。お土産買ってきたから玉子に送るよ」

「ありがとう、何買って来たの？」

「何買えばいいか分からないから、いっぱい並んでいたネックレス買って来たよ。玉子も掛けてね」

「ネックレス？　あっそれね、ネックレスみたいだけどそうじゃなくて、『ロザリオ』っていうの。首に掛けてもいいけど、お祈りする時に手に持って色々使い方があるの。ありがとう」

「あっそー、ちょっとちがうのかー。じゃー、お母さん使い方わからないわー。自分のも買ってきたけどー……」

「使い方分からなくても、手に握ってお祈りすればいいよ。お祈りは形じゃなくて心よ。自分が本当に人のために祈りたいと思う心があればいいんだって、玉子の先生いつもそういってるよ」

「そこの先生ってやさしいんだねー」

「そう、先生もだけど、天のお父様は本当にやさしいの」

「そう、お母さんこれから優しくなれるように頑張ろうと思う。玉子、今までごめんね」

「ありがとう。うん、いいんだよ、玉子、お母さんがきっといつかはやさしくなってくれると信じてたよ。だって、そっちにいるとき、祈ってたよ」

「ところで、お父さんどう?」

「お父さんは毎日張り切って会社へ行ってるよ。なんか、最近、部下が五人もできたんだって……」

「和風の家が見直されてきて、壁の塗る部屋が結構あるんだって。『五人の部下に左官の仕事を教えるのは疲れる』って……」

「『壁塗りは技術がいるんだぞー』って自慢してるよ……」

「自慢させておけばいいよ。だって、今までお母さんに怒られてばっかりだったから。お酒ばかり飲んじゃって……」

「じゃーね、今日はこの辺で。玉子これから病院へ行く時間だから……」

「そう、気をつけてね、最近横断歩道を歩いているだけで交通事故に遭うんだからね……」

「うん、そうだよねー。テレビでもいってた。気をつけて行ってくる」

電話室を出ると、廊下で先生とすれ違った。

「玉子さん、ゆっくりお話できてよかったね。電話代なんか気にしないでいいんですよ。家族といつも共通のお話を大切にしてね」

「はい、有難うございます」

第八章　部下のケガ

「玉子、大変なことが起こってしまったよ。お父さんの部下が転落して、一時心臓が止まって病院へ運ばれたけど、いま意識不明の重体なの……」

「わー、大変ねー。その人、意識戻るように一生懸命祈るわー」

「うん、祈ってねー。お父さんはね、職長とかいう係りになったんで、もし死亡事故になれば責任はお父さんになるんだって……」

「意識が戻ってくれたらいいけどね」

「昨日の夜、頭抱えていて一滴も飲まなかった。かわいそうだったよ、お父さんが」

　との電話。

　続けて、

「その職長とかいう講習、以前受けなければだめだと言われていたようだけど、お父さん受けてなかったの。それも一つの原因らしいんだけど……」

「法律上受講義務があるのを受けていなければまずいことになるわねー」

「うん、そうだと思う。昨日夕方の事故で、今日朝早く、お父さんと会社の社長さんと労働基準監督署へ行ったの。もう夕方になるけどまだ帰ってこないの」

「玉子たち『命を救う講習会』という勉強があってね。意識不明で呼吸の無いケガ人の場合、胸骨を押して『心肺蘇生法』という救命措置を、消防署のおじさんたちから人形を使って習ったよ」

「ふーん、そんな勉強まであるんだー」

「お父さんもそのやり方を習ったほうがいいよ」

「大体の内容はね、見つけたとき数分以内に心肺蘇生を行えば、六十パーセントくらいの確率で救命できるんだって」

「そうなんだー」

「うん、玉子たちでも出来る。すごく簡単よ」

「お父さん、早くそれ知っていたらねー」

「そぉー」

「大きな建設業は危ないところが結構あるって言ってたばかりなのよ、これからはなんでも習っておいたほうがいいようだねぇー」

「そうだねぇー」

「うん、お父さん帰ったら、『事故の後処理、心をこめてがんばって』って、言っといてね」


けがをした部下の意識が戻り、少し会話ができるようになった。

事故原因は、法律では二メートル以上のところでの作業は、安全帯を使いなさいという決まりになっているが、二メートル以下だからそれをしなかった。ふつうはこれくらいの高さだと飛び降りたりしても難儀ないと思い、なめてかかったという。ところが落ちた場所に石があって頭を打ったのだ。側頭部強打で脳挫傷、運が悪かった。

一方、職長である三雄は、このくらいの高さでも作業周辺や下の危険性を予知しなかった責任を指摘されたのだ。

後に、このことを母から聞いた玉子は、

「法律というのは、社会生活の最低基準です。法律の基準以下だから何をしても良いということはありません。世の中はあらゆるところに危険が潜んでいるので、法律の数字も大切ですが、それが直接命を守ってくれるのではありません。自動車の運転でもなんでも当てはまるのです。法律を超えた『思いやりとか、初心に返る』という、

『心』
をみんなで大切にしましょう」
という、先週の外部講師の安全講話を思い出していた。

玉子は、

社会の出来事、
お祈り、
人間の生き方、
感謝の仕方、
社会奉仕、

など、仲間と、学んだり、教えあったり、習ったり、とても充実した毎日をおくっている。

第九章　メッセージ

玉子は、お星さまの見えない夜、お御堂の脇にある小さな図書室で、時々本を探して読んでいる。

「今日は何を読もうかなぁー」

と思った時、

『新聞投稿スクラップ集』

を手に取った。

新潟日報という新聞の『窓』欄、二十数年前の記事である。

『神の領域と人知の限界』

という文字が目に入った。

「『高速増殖炉もんじゅ』の事故は大きな波紋を広げている。科学の発達は我々人間に省力化をもたらし、実に便利な世の中を提供してきた。また、人間誰でも享受してきた。しかし一方、動植物の生活環境や、はては宇宙空間まで汚染している事実を見逃してはならない。

人間の満足はどこまでいけば得られるのであろうか」

別の新聞には……、

「開発事業団の幹部の一人は、『グループはエリートの原子力技術集団。試験にトラブルは付きものと考えている。なぜ公表をしなければならないのか分からないのだ』と釈明」

とあった。

知識があれば、何をしても良いのだろうか？　頭脳集団を指揮するトップは、残念なことに、報道されているあの『ていたらく』である。

科学的な追求が悪いわけでもない。省力化の追求が悪いわけでもない。ただ、「人間が手を出してはならない分野を知識で征服しようとしている。『三人寄ればもんじゅの知恵』もっと知恵を大事にしてほしい。

人間は大いなる宇宙に対し『ちりあくたのごときもの』という思いがもっとも大切だと思う。そして、神をも恐れない征服者になったとき、そこに自滅があるのみだ」とある。

玉子は、

「そうか、計り知れない大きな宇宙に対し、『ちりあくたのごときもの』か」

と自分が納得した。

次をめくると、

『たんぽぽ』の投稿に目がいった。

中学の時見た詩画集のことかな？　と思った。


……「たんぽぽにあいたくて」……

「紅葉の季節に『たんぽぽ』もないが、以前カレンダーで見たそれがやけに目に焼きついていて妻と二人で出かけた。初めての道、五時間かかってのドライブであった。

それは、群馬県の美術館にある小さな水彩画である。

『いつだったか

きみたちが空をとんで行くのを見たよ
風に吹かれて
ただ一つのものを持って
旅する姿がうれしくてならなかったよ
人間だってどうしても必要なものは
ただ一つ
私も余分なものを捨てれば
空がとべるような気がしたよ』

小さな絵にこんな詩が添えてある。

じっと見つめていたら涙があふれてきた。

作者は元体育教師、二十五年前に授業中、頚椎損傷で手足の自由を奪われ、ベッドで今も絵筆を口にくわえて描いているという。

『自然のままが一番美しい。花に描かせてもらう、いつもそういう気持ちでいます』

とプロフィールにあった。

手も足も自由に動く私たちがなぜこのようなやさしい心が持てないのか、本当に申し訳ないと思った。

妻と二人で、初めての感動を惜しみつつ、帰路に着いた。

『わたらせ渓谷』の紅葉が、一段と輝いてとてもきれいだった」

とある。


やっぱり、同じ『たんぽぽ』だった。もう一度『たんぽぽ』に会えてうれしかった。

一枚めくると、

……大宇宙紀行で人為を考えた……

があった。

「正月、ＮＨＫの『百五十億光年の銀河紀行』をじっくり見た。『世界初バーチャル体感の大宇宙旅行』と題した一時間あまり、コンピュータ映像である事を忘れ、人間の住んでいる地球の素晴らしさ、貴さに感動した。

宇宙の知識は何も持ち合わせていないが、前々から『この世は、最初は何も無い世界であったんだろうなー』位の疑問はあった。地球上の全ての『命』は母なる太陽の恵み、

『無条件の愛』で生かされている。が、日常雑多に紛れ、気がつけば『生きてやってい
る』が私の生活であった。
広大な宇宙のかなたから、百億年以上もかかって地球に届く光は何を意味するのだろ
うか?
人類にとって何か大切なメッセージのような気がしてならない。
途方も無い時間の中に、ごくわずかに生きる小さな『人間の価値』が光となって、ほ
かの星の生命体にぜひ伝わってほしいと祈る。
『すべて必要があってつくられた人間』
である。
なぜ、殺し合うための実験をしなければならないのか?
なぜ、攻められた時の準備をしなければならないのか?
『創造主』を悲しませてはならない」
とあった。

中学校の図書室で感動したことに、今ここでまた会えるなんて、こんな偶然もあるん
だなぁー、と心地よい眠りについた。

朝のお祈りが終わったあと、先生に『たんぽぽ』のスクラップ記事のことを話した。
「先生はね、たくさんの新聞を読むようにしています。これは、と思う記事はみんなスクラップして何回も読み返していますよ。だって、この記事は投稿者のものというより、『天のお父様からのメッセージ』ですよ。私たちは神様からのメッセージを出来るだけ受け止めて、この大切さを多くの人に伝えていくことが仕事なのです」
とおっしゃった。

玉子は、この仕事を与えて下さったお星さまに心からお礼を言いたかった。

今日も、病院から帰り、玉子は屋上へ出た。
お星さまは、いつもより一段と大きく輝いている。
「そうなのですね、天のお父様は、
地球の事、
宇宙の事、
人間の命の事、

戦争の事、
夫婦の事、
いつも心配されているのですよね。本当にありがたいと思います。今日みたいにお天気の夜空はとってもうれしいんです。でも玉子、お星さまが見えない時は布団の中でお話しします。お星さまの顔が見えなくても、目を瞑れば目の奥に浮かんでくるんです。いっぱい教えてください。おやすみなさい」

第十章　祈り

「お星さま、玉子もう少しわからないところがあります……」

「うん、なんでも聞いていいよ」

「あのね、どうして私たち人間がこの世にいるのか、いることにどんな意義があるのか不思議な時があるの。この世にはずーっと昔は何もなかったんでしょ」

「うーん、むずかしい質問じゃなあー、最初から何かあるはずはないと思うなあー」

「じゃー、何が最初にできたの？」

「うん、光で何億年もかかる親戚から聞いたことがあるんじゃ」

「そのこと教えて……」

「うろ覚えじゃがなぁー、それでもいいか」

「うんいいから……」

「何か知らんが、『何かが何かを助けること』それをやってもらうために何かが生まれたんじゃと」

それから、

「今我々に入っている情報だと、人間が住んでいる地球が昔と違っていろんな事件や災害が多いというじゃないか？　悲しいことじゃのぉー」

「そう、去年も水害や地震で大勢死んだよ。それより中東で戦争が収まらなくて、強い国がよその国の人を殺しているというニュースがあったよ」

「それと人間が、地球のためにならない事ばかりしているので、気象が変化してしまい、ますます自然の災害が多くなるんだっていうのもやってた」

「先日の勉強会では、この事で一番犠牲になるのは、難民の人たちなど弱い人たちなんだって習ったよ」

「その時、玉子ね、結局強い人たちがいるということは、弱い人たちの甘い汁をすって強くなっているだけで、強い人が偉いからじゃないんだって思ったよ」

「強い国はそれを忘れているから早く気づいて、弱い国に、今まで吸ってきた甘い汁が美味しかったんだから、それを二倍、三倍にして返してほしいと思った」

「強い国は弱い国を助けてあげなければ、いつまでたってもケンカが絶えないよね」

「そうじゃ、まったく玉子の言うとおりじゃ……」

「人間たちは、まだそんなことやっているのか？　ちっぽけな、ちっぽけな地球の中で……」

「地球って小さくないよ……」

「小さいよ、宇宙から見たら……。宇宙は光で何億年も走ってもまだ先があるんじゃ、地球のような星は無数にあるんじゃ」

「えっ、地球のようなものがいっぱいあって、人間みたいな人?が大勢いるの?」

「お前たちが住んでいる『銀河系』のようなものが無数にあることは、ここからはよく見えるんじゃ。地球以外の者たちはみんな仲良く幸せに暮らしとるぞ」

「玉子、今何か書くもの持ってるかい」

「うん、玉子いつもお星さまとお話しするとき、必ずノートにメモしてるよ。だって玉子すぐ忘れるから……」

「おっ、それはいいことだな……」

「じゃーなぁー、まず横に線を一本引いてごらん」

「うん、ページの最後まで引いたよ」

「まだまだ何ページも引くんじゃ」

「えっ、何ページもただ横に線を引くのぉー」

「こんなように……」

「ノート終わっちゃうよ」

「まー、いいから。そして最初に小さな点を書く、その点が玉子たち人間の寿命じゃ」

「玉子たち人間は何年くらい生きるのじゃ」

「そうね、大体長生きの人は、九十五歳くらいかな」

「そうか、半端だから、百歳としよう。その小さな点が百年だぞ！」

「こんなふう……」

「……」

「そうじゃ、途方もない時間の中に僅かに生きる人間を見てみるか？」

「その僅かな時間に、人間は何をしたらいいかのぉー、玉子」

「よくわかんないけど、最近こんな風に思うの……」

「言ってごらん」

「うん……」

「お星さまが前に言ってた、何かの役に立つ生き方、誰かの為になる生き方かなぁー」

「それじゃよ、それ」

「方向はそれを向いているんだけど、玉子なかなかできない。そんな時……」

「そんな時どうした……」

「うん、玉子にもできるように力をください……って祈るだけしかできないの。やっぱ、だめだよねー」

「だめじゃない、なかなかいいぞ」

「その軸足が大事なんじゃ」

「軸足って……」

「それはな、ベクトルともいって、簡単にいうと、空間における大きさと方向を持った量、つまり信じる『方向と力』という信念じゃ」

「たとえば、いま違った方向を選んでしまっても、軸が固定されておれば、一回りすればまた戻るんじゃ。やってみるか」

「そんなかんたんにできるの？」

「練習じゃー」

「まず、右足を床につけて動かすな、これが軸じゃ」

「うん」

「それから、左足を前に出したり、後ろにやったりして色々動いてごらん」

「やってる」

「どうじゃ、回っても元にもどったか」

「うん、もどった」

「その回っている時間が、迷ったり、できなかったりする時間じゃ。そして、この場合の右足が軸といって、神様の方向といってもいいのだぞ」

「なんだ、かんたん、かんたん」

「そうじゃ、やろうと思えば簡単だがなぁ。なにしろたった百年しかないから、なるべく早くやらんと……」

「まー、早く気づくものもおれば、死んでからのものもおる」

「まー、それはそれで……。でもな、早く気づいて長くやったほうが、天のお父様は喜ばれるんじゃよ」

「自分が幸せになりたかったら、まず、ほかの人が幸せになれるお手伝いをすることじゃ。いつか自分にも幸せがやってくる」

「玉子、小学生の頃、お父さんとお母さんの為に祈ったことがあったよなぁ」

「うん、あった。なんて祈ったかは忘れたけど……」

「それが、わしが今言ってることとつながってるんじゃよ」

「でも、玉子その時はね、今みたいなむずかしいこと考えなしに、ただ自然にそうなっただけ」

「その自然が玉子の中に生きとるんじゃ。いいぞ、いいぞ……」

「ふぅーん」

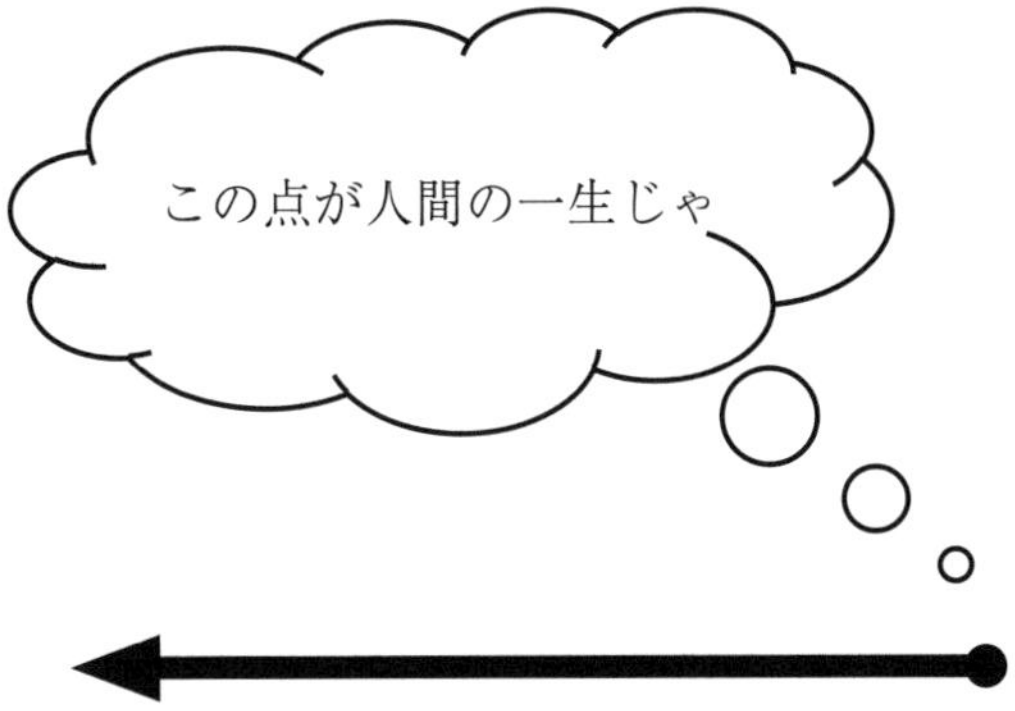

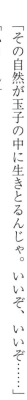

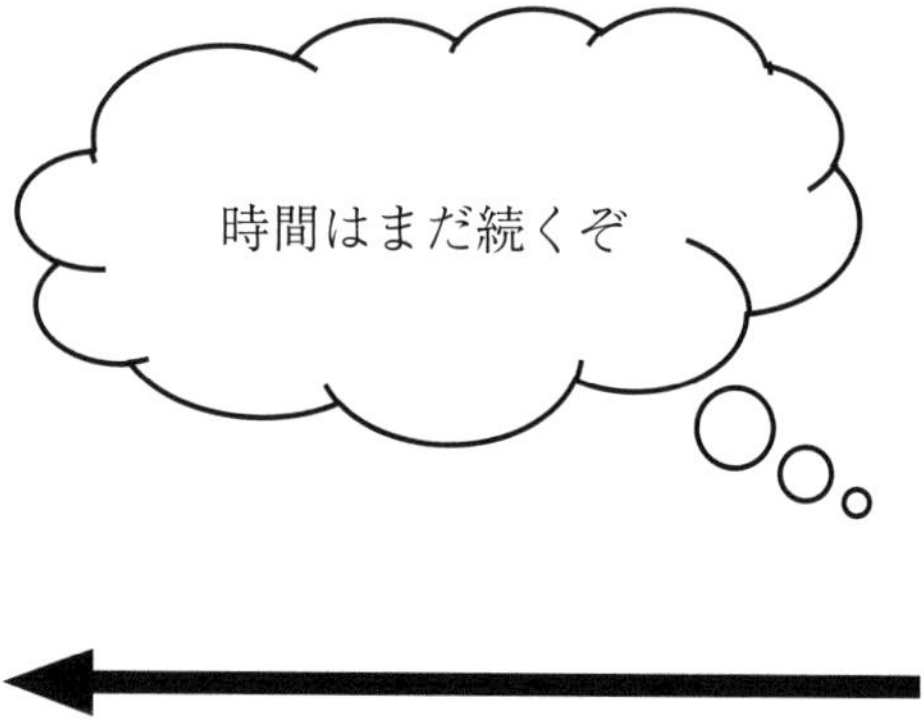
時間はまだ続くぞ

「あと何枚くらい線ひけばいいの」

まだ、まだ……

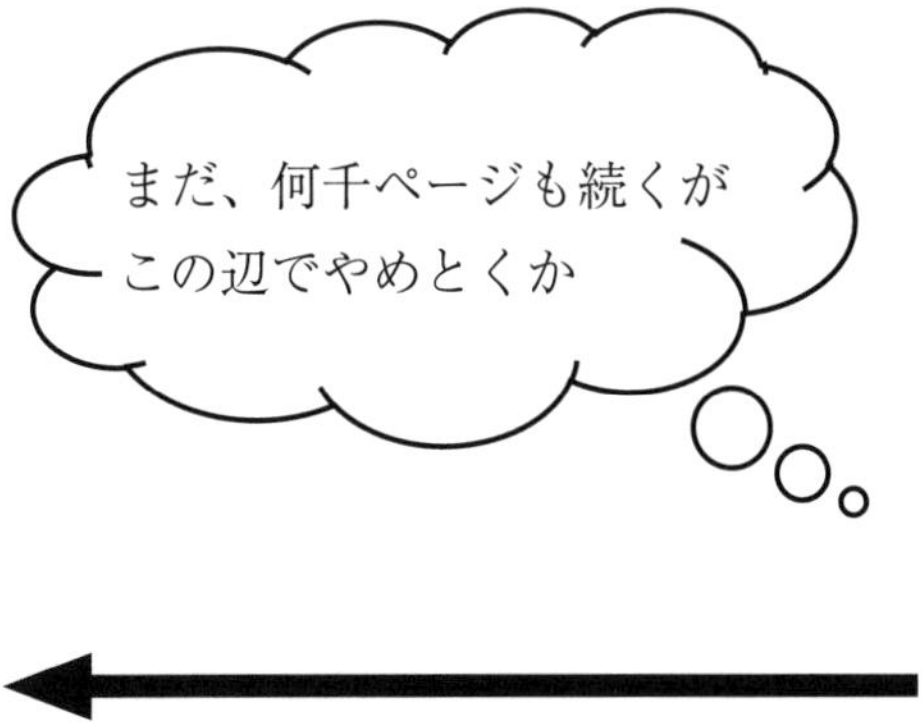
まだ、何千ページも続くが
この辺でやめとくか

「例えば、一億入るとしたら、百億年じゃ」

「もっともっと続くかもしれん」

「この長い時間の中に、ほんの小さな点の時間しか生きられないのじゃー」

「一生は長いようじゃが、宇宙から見たら塵《ちり》、芥《あくた》の如くじゃなぁ」

「その間に、さっき言ったことができればいいがのぉー」

「そのことに気づかない人間が大勢いるようだな」

「お前たちは眼が悪いんじゃないかー」

「目は悪いと思わないけどー」

「顔についている目じゃなくて心の眼じゃ」

「ふぅーん」

「祈りが大切じゃなぁー……」

「玉子、毎日いつも祈ってるよ」

「ありがとう。祈りとはなぁ」

「『目』に見えるものを信じるのは簡単じゃが、目に見えないものを、心から信じて祈るのが一番大切じゃなぁ。今そこに見えないからと言って何もないわけじゃない。見えないけど何かがある。その眼を信じる、ただ信じる、そして祈る、そして、神様からの御言葉を聞く……」

「うーん、そんな難しいこと言われてもよくわかんないけど、お星さまは光って見えるけど顔はよく見えないよ。でも玉子の心に何となく見えている気がするからお話が聞けるの……」

「そうじゃ、それだよ」

「うーん……」

「今日はちょっと難しいことを言ったがのうー。そのような気持ちをいつも心の眼で感じるようにしてほしいんじゃ。玉子ならできる、きっとできるぞ」

「うん、お星さまありがとう……」

「じゃー今日はこの辺でもうお眠り……」

「はい、おやすみなさい」


ある日、シスターと仲間みんなで講演を聞きにでかけた。大きな教会で中に入ると、きれいな色付きのガラスが何枚も光っていた。

玉子は不思議そうに見ていると、

「これはね、ステンドグラスと言って、ここではとても大切なものよ」

「天のお父様の物語になって続いているの」

「外の光がお父様を通って、なんか自分の体にも通るみたい」

と玉子が言うと、

「玉子さん、その感じ方がとってもいいですよ」

「目に見えないものを感じるって、とっても大切な事と前にも勉強がありましたよね」

「はい、お星さまも時々見えませんが……」

「玉子さんってとっても素直だからこれからが楽しみだわ」

とシスターが微笑んだ。

そうこうしているうち、

「皆さんようこそおいで下さいました。只今から講演会が始まります。皆さんの心に届いて、天のお父様からのメッセージとなるようお祈りします」

と挨拶があった。

演題を見ると、

『世界の始まり、人類の始まり……』

サブタイトルは、
『なぜ、一週間は七日となったのか』
天地創造の七日間

第一日目
光をつくり、光っている時を昼、暗くなった時を夜とした

第二日目
水をつくり、空気と空をつくった

第三日目
水を集めて海をつくり、大地をつくった

第四日目
太陽と星をつくり、季節をつくった

第五日目
海の生き物をつくり、空の鳥をつくった
第六日目
地上の動物をつくり、人間をつくった
第七日目
すべてをお祝いして、神はお休みされた。

「え、こんな不思議なことがあったのか」と心の中にしまった。
そして、地上には、人の悪が増してきてどうにもならなくなった時、人をつくったことを後悔し始めたという。すべてを地上から消してしまう大洪水を起こそうと決心したという。

しかし、悪が蔓延する世の中に、「ノア」という神に従う純真な人がいた。

神からメッセージを受けたノアは、大きな木の箱舟を何年もかかって山の上に造った。それを見ていた周りの人たちは、あざけわらった。その後、大雨が、何日も何日も降り続き、家族と動物など必要なものを船に乗せて、生き延びたという。

玉子は、そういえば、昔読んだことがあると思いだした。

『ノアの箱舟』

『ノアの洪水』

絵本に出てきた世界が本当だったのかとしっかり心に刻んだ。

そのほか、数時間の講演は響くものばかりだった。外からの光がステンドグラスを通して玉子の胸を通り過ぎた。なんと心地いいのだろう。このひと時を与えてくれた天のお父様、お星さまに早くお礼を言いたかった。

先生と仲間、みんなで立ち寄った喫茶店のコーヒーの香り、ショートケーキ。

「……『ノア』とてもおいしかったよ」

と、窓から差す木漏日におもわずささやいた。


今夜は満天の星空。いつもより早めに屋上に出た玉子は、

「お星さま、ありがとうございます。今日はノアのことを聞いてきました。私たちはノアのおかげでいまここにいるんですよね」

「そうだよ、元をただせばそこに行きつくんだが……その前に、天地の創造主のことがあったじゃろぉー」

「うん、あった」

「せっかくつくった人間がどんどん悪い事ばかりしてしまい、どうにもならなくなったんじゃ。創造主の気持ちがわかるか？」

「うん、とても悲しかったと思う。つくらなければよかったと思ったんじゃない」

「そうかもしれんな」

「でも、ノアのおかげで生き延びたんだよね」

「そうだな、ノアはみんなにあざ笑われても頑張った。自分を犠牲にしても創造主を信じたのじゃ」

「あっ、そうだ。かなり前のことじゃが、玉子は病院か何かで、誰かに『落葉の話』をしていたのを聞いたぞ」

「えっ、お星さまにはそれは言ってなかったと思うけど」

「わしらは、直接聞かなくても、よい事悪い事たくさんの事が聴こえるんじゃよ」

「耳がいいんだねー」

「いや、耳じゃない」

「ふーん」

「玉子は、なかなかいいこと言ってるなぁーと思ったぞ」

「そう」

「そうじゃ、その気持ちが大切なんじゃ。これからも忘れることのないようにのう」

「玉子たちみたいな人が増えてくれるといいがのぉー」

「お星さまに褒められるなんてサイコー」

っと、ステップを踏んで屋外階段を駆け下りた玉子、滑って転んでおしりを思いっきり叩きつけた。

「いったー……」

と見上げると、

「喜ぶのはいいが、ほどほどになぁー」

と手を振って消えた。


近頃雨が多く、今日はやっと降りやんだばかりだ。雲でお星さまはよく見えない。寝ているかもしれない。起こさないよう小さな声で、いつもの空を向いて、

「天のお父様……」

◇地球に住む人間同士が殺し合いをしています。

◇殺し合いの準備をしている国もあります。

◇親が殺され、家もなく、食べ物もない子供たちが大勢います。

◇国と国が手を取って、みんな兄弟として平和に暮らせますように。

◇地球以外にいる人?たちとも仲良くなれます様に。

「私でもよかったら、
天のお父様の
悲しみが、
心配が、
少しでも軽くなるように、
私の肩に乗せてください、
命尽きるまで、
働かせてください、
どうかおねがいします」

「父と、
子と、
聖霊との御名に於いて、

アーメン」

と十字を切った。

その時、玉子の頭を、
「すーっ」
と流れ星が、撫でて、消えていった。

第十一章　一粒の種

四月半ば、ここしばらく良い天気が続いている。みんなで夏野菜の苗、ピーマン、トマト、ナス、キュウリ、トウモロコシなど植え終わった。

久しぶりの休日、きょうもいいお天気だ。たまには賑やかなところへ行ってみようかと電車で出かけた。駅を降りて行く当てもないが、

「お花見なんかはどうですか？」

と自分に言い聞かせながらしばらく歩くと、少し汗ばんできた。

玉子たちの制服はいつも長袖。今日は私服なのにうっかり、しかも厚手のシャツだった。ハンカチが瞬く間に汗で汚れてしまった。

目の前にある大きな通りの大きなデパートへ入り、ハンカチを買おうと見て回った。気に入った柄を見つけたので二、三枚買おうとして、値札を見ると、

「えっ、一、〇〇〇円も……」

思わず声が出た。近くで見ていた女の人が、

「一〇、〇〇〇円ですよ」

と小さな声で教えてくれた。

玉子は、ゼロを一個見落としたことが恥ずかしいというよりも、値段に驚いた。

今まで使っていた、よく汗を吸い取るハンカチは、せいぜい一枚三百円。

「ふーん」

こんな高いのを買う人がいるんだ。と思いながらとなりを見ると、なんと二万円。すると、急ぎ足で来た同い年くらいの女の子が、二枚すっと手に取ってレジへ向かった。

「えっ、四万円」

女の子は大きな財布からお札を数枚引き出し、そのうち一枚を戻し、四枚店員に渡した。

「すごいなー、五万円も持っている」

どんなお金持ちだろうかと目を丸くした。

ここでは買えないなーと思いながら出ようとした。しかし胸ポケットの十字架を握るのに、汚れたハンカチで拭いた手では申し訳ないと思い、それと、ちょっぴり自分へのご褒美として一枚買おうかなーと、もう一度一万円のところへいって選んだ。

財布を見ると、一万円札が一枚と千円札が一枚。

通りのバス停のベンチに腰掛け、ちょっと贅沢な気分で手をよく拭いて、十字架にそっと手を添えた。

しばらく歩くと新宿公園の入り口に来た。

「わー、桜が満開。やったぁー、きてよかったぁー」

子供みたいに両手を挙げてはしゃいだ。

八重桜の花びらが満開で、いまにも「ぽたん」と落ちそうに咲いている。しばらく顔を近づけて香りを楽しんだ。ちょっと脇を見ると、ひらひらと風にゆれるハンカチに似ている花が木に咲いていた。さっき買ったハンカチとそっくりだと思い、ポケットから出してみた。

「うーん、こんなきれいな花もあるんだぁー」

独り言を言いながら、なんという名前かなと、木にぶら下がっている板を覗いた。

『名前……ハンカチの木……ひらひらと風に揺れる姿がハンカチーフに似ていることが名前の由来です。また、ハトに見立ててハトノキの別名もあります。ここでは、三本のハンカチの木が植栽されています』

とあった。玉子は初めて見たハンカチの木、神様がこの木に会わせるためにハンカチをプレゼントしてくれたのだとうれしくなった。

にぎやかな大通りを曲がり、裏道に入ると、小さなショーウインドウが目に入った。

「あなたの思いを本にしませんか？」

「書くことが好きならキットいい本に……」

こんな、貼り紙があった。どうも無人の休憩所のようだ。近づくと自動ドアが、

「いらっしゃいませ」

と開いた。

エアコンの効いた小さなフロアーに椅子が数脚。どうぞご覧くださいというように、チラシと数冊の本が机に置いてある。

チラシを手に取ってみた。

『あなたの本、それは一粒の種です。やがて立派な花に成長して、美しく咲くでしょう。その花を見た人の心は満たされ、その種からはまた新しい花が続くかもしれません。そうして一粒の種から広がったその先には、みんな幸せに暮らせる世界が待っているのです』

とある。

「なんと素晴らしいことだろう」と、しばしの時間涼しいフロアーで爽快になった。誰もいない机にお辞儀をして外に出た。四月の日差しにしては夏のような気温だ。歩道をしばらく歩いていると、髪の毛と顔と首のあたりに霧のようなものがかかった。こんないいお天気に霧雨もないし、夏に時々見るミスト噴射かなと思い周りを見るがその様子もない。

おかしいなーと空を見上げると、カラスが二羽広告塔にとまっている。そのうち一羽がしっぽをこっちに向かって振っている。また霧が下りてきた。慌ててよけたがこれも少し浴びてしまった。

「こらー」

大声を出そうと足を踏ん張ったら、近くのバス停のベンチの大勢が一斉にこっちを向いた。「こらー」を思わず飲み込んだその時、一人が「くすっ」と笑った。たまに出かけるとこんなこともあるのかと、汚れたほうのハンカチで拭きながら気を取り直しうしろにならんだ。

まもなくバスが来て、待っている人が乗った。車いすの人が乗ろうとしたが、少し段差があってうまく乗れない様子。運転手さんが下りてきて、小さなスロープをかけて車いすの人を一生懸命押すが動かない。車いすの人はとっても大きな体格、運転手さんはとっても小柄な女性、とっさに車いすの前に出て少し持ち上げたがなかなか重い。誰かもう一人押してくれないかなぁーと、バスの中に座っている人を見ながら力を踏ん張って持ち上げたら動き出した。

車いすの人に、

「ありがとう……」

と目でいわれて、

「どういたしまして……」

と目で返した。

「ただいまぁー」

事務室に声がけして、談話室で今日のメモ書きをしていると、

「玉子さん、今日のお休みどこへ出かけたの？」

と先生が近づいてきた。

「はい、公園で桜やきれいなお花を見てきました。お天気だし気持ちよかったんです。しばらく振りで歩いたらちょっと汗ばみましたけど。あっ、八重桜もきれいでした。それと『ハンカチの木』の花がとってもきれいでした」

「えっ、そんな木があるの？」

「はい、私も初めて見たんです」

「そう、東京に五十年もいるけど見たことないわ」

「今度案内してね」

「はい、秋もきれいだって写真が貼ってありました」

　先生は、玉子のひらいているノートを見て、

「なに書いてるの？」

「はい、その日見たこと、聞いたこと、感じたこと、それから、お星さま、天のお父さま、からのお言葉など全部メモしてるんです。わたし、頭よくないんでいつまでも覚えていないから、こうしないとダメなんです……」

「玉子さん、それってすごいことよ。私も昔はそうしてたけど、最近は横着になって……」

　と、苦笑いした。

「これ全部あなたがメモしたの？」

　口が大きく開いているメモ帳カバンの中をのぞいたシスターは、

「ものすごくあるんですね。一冊の本になるくらい！」

「玉子さんのメモならきっと立派な本になると思いますよ」

「立派だなんて、そんなことないですよ。でも時々これを見てもらいたいことがあるんです。私みたいに育った人がどこかにいるような気がして。そして、その子に会いたくて……」

「そう、あなたの『入所の動機』にも書いてあったけど、小さいとき、悲しかったりつらかったんだねー」

「はい、でもお星さまにいっぱい助けてもらいました。ここにお世話になれたのも天のお父様のおかげです」

「玉子さんのその思いはとっても好きですよ。私からもお礼をいいます」

「先生、そんなー」


玉子は、小さいときから、メモ書きを欠かしたことがない。メモというより、その時の情景を物語風に書くのが好きだった。いじめられたこと、お母さんやお父さんのケンカ、お星さまとのお話、そして、東京へ来た時からの様々な出来事。特に、病院でのボランティア、なんでも書き留めている。

日記帳というような決まったものではないが、その厚いノートが十冊以上あって、大切な宝物だ。

シスターは思い出したように、

「どこだったかなー、どこかのチラシでこんなコメントを見たことあるわ」

と、目をつむり思い出している。

「苦労した人の文字が本になれば、例えば、一粒の種がやがて飛んで行き、美しい花を咲かせるのに似ている。その花は人の心を満たし、その種がまた飛んで行き花が咲き続けるかもしれない……」

「あっ、先生、私もそのコメントとそっくりなもの見たんです。歩いていて暑かったのでビルの一角で涼ませてもらったフロアーにもありました」

「玉子さん、それよ、それ、あなたのメモ、本にしたら……」

「えっ、こんなもの本になるんですか?」

「あなたさえよければ、連絡とってみるわ。これ、しばらく私に全部見せていただけるかしら」

手に取ってよく見ると、感動することがいっぱい詰まっている。特に『たんぽぽ』の部分をシスターは目を潤ませて読んだ。

そのメモは、詩になっていた。

〝玉子、あの「たんぽぽ」のようになりたい〟
〝余分なものを捨てて、ただ一つの大切なものものって〟
〝風に吹かれて、どこまでも飛んで行きたい〟
〝そして、どこかに、芽を出して〟
〝痛い人〟
〝苦しい人〟
〝困っている人〟
〝悲しい人〟
〝この人たちのすぐそばに咲いてみたい〟
〝そして、祈りたい〟
〝玉子の祈りではだめかな?〟
〝でも〟
〝お星さま、そんな日が本当にきますように……〟

なんども読み返した。

長いあいだ天のお父様に仕える仕事をさせていただいた自分に、いま玉子のメモにある新鮮さ、そして何より信仰の原点に、昔の自分を重ねていた。

シスターはこれを本にしたいという思いが一気に押し寄せた。

しばらくして、

「玉子さん、談話室までおいでください」

と館内放送が……。

「玉子さん、あなたのメモが本になることになったの、よかったわねー」

先生の笑顔が輝いた。

さらに、

「両方うまくいかなくても、自分が信じることのほうがうまくいったら良いというところや、祈りは自分に見返りのない人のために祈るもの。人間は、何かが何かを許すために生まれてきた……などのストーリーと、メルヘン調な内容は小学高学年の児童から高齢者に至るまでそれぞれの立場や思考力で読み、読者を感動させるものと注目されたようですよ」

「思ったこと、感じたことを、キチンとメモできるなんてとっても素晴らしいことですよ。たんぽぽの詩もとってもいいわね」

玉子はまだ本当に、こんなメモがと半信半疑だった。

数か月して、

「玉子さん、あなたの本が出ましたよ」

手渡された本、自分のメモがこの本になったんだとしっかりと手に持った。

そっと開いた。そこには、きれいな活字で書きおぼえのあるメモが並んでいる。

「多くの人たちに読んでいただいて、共感されるといいですね」

とシスターが微笑んだ。

病院でのボランティアが終わり、玉子は部屋で今日のメモの整理をした。もう一度手に取った本。じっくりと読んでみた。でも、ちょっと気恥ずかしい場面が結構あった。

眠くなってきたとき、

「玉子、よかったな。大勢に読んでもらえるように、わしらも祈っておるぞ」

とお星さまの声がかすかに聞こえた。

玉子は、誰か廊下を歩いている気配を感じて目をこすった。こんな夜中にと時計を見ると三時すぎ。指一本ほど戸を開けてそぉーっと廊下を覗いた。

耳を澄ますとお御堂のほうからかすかに聞こえる。廊下の端っこを忍び足で進み、曲がり角に隠れた。暗くてよく見えない。

「天のお父様、彼女は大きく成長しました。あなたのおかげです。感謝します。この本は、マリア玉子（注、霊名）が蒔く種です。この種がどこかで芽が出て大きな木になってそのリンゴが熟し、食べた人が幸せになれますように……。そして、たんぽぽにもなって風で運ばれ、苦しい人、悲しい人のすぐそばで花が咲きますように……」

「国と国・民族と民族との争い、手出ししてはならない地獄の元素、母なる太陽への感謝の忘れ、どんどん錆びていく地球、人間はどこかで少し道を間違えたようです。同じ人間として心からお詫びいたします。これ以上迷わないように導いてください。今ならまだ間に合うと思います。マリア玉子はお父様の心配をすこし分けてほしといっています。どうか願いを聞き入れてください……」

……………………

………………

……

…

「私に長いあいだこのような仕事を与えてくださったことを心から感謝いたします。お父様の力になれない至らない指導者でした。でも、彼女は必ず継いでくれると信じます。私はもうじゅうぶんな命をいただきました。体のあちこちの不調で難儀しております。いつでも、あなたの御前にお呼びください。よろこんで……」

と小さな声が消えた。

「先生！」

玉子は、パジャマのままシスターの胸に飛び込んだ。埋まった顔、嗚咽が止まらなかった。

そして、顔をあげ、

「先生ごめんなさい！」

「私、今まで一度も先生のこと祈っていませんでした。ごめんなさい」

と、泣き崩れ、また胸に顔をうずめた。

シスターは、しっかりと玉子を抱きしめた。

玉子は先生の温かさに、母のぬくもりを感じ、うとうとと寝てしまった。

母の手が冷たくなったような気がして「はっ」と目が覚めた。


「あっ先生！　先生！　まだだめー」

と叫んだ。

「あー、マリア玉子、ありがとう…」

かすかな声が聞こえ、唇が震えた。

止まらない涙をパジャマで拭いた。

その時、外は、
白々と夜が明けてきた。

第十二章　先生、わたしだぁーれ

「先生《シスター》、がんばってー」

「みんな起きてー、先生が大変よー」

ギシギシ鳴る廊下を走りながら、玉子は、電話室へ走った。

「えーっと、救急車は110番？　えっ、ちがう、119番……」

「救急車をお願いします」

「落ち着いてください。まず、どこで、誰が、どうしたのか話してください」

「……、……、……」

「ハイ。分かりました。毛布で保温してあげてください。気道確保もできたら……すぐ出動します」

サイレンの音が遠くから聞こえ、だんだん大きくなって止まった。救急隊員が三人入ってきた。救命士と腕章つけた人が色んな機械をつけて何かを測っている。ほかの隊員が、

「気道確保（注：呼吸しやすい下顎の挙上）が上手くできていましたね、ちゃんと保温のやり方知っていましたね。上に掛けるだけなくこのように下に敷くことで体温維持できるんです。少しでも病状が進まない方法ですよ。いい応急手当ですよ」

「はい、昔消防の人に習ったことがあるんです。それで先生の具合は？？」

心配そうに覗くと、

「まだ確実なことは言えませんが、この状態だとおそらく『脳梗塞』の疑いがありますね。脳外科専門のＡＢ病院へ搬送します。あなた一緒に乗ってください」

と促され、ストレッチャーに横たわる先生が救急車へ滑り込んだ。


ＥＲ（救急救命）室で応急処置をしてもらって運ばれてきた。

「先生、頑張ってください」

手を少しひらいてあげて、十字架をしずかに置いた。

手術室の中へ入っていった。赤いランプが「ポッ」と灯いた。

開頭緊急手術という説明があった。

………

集中治療室のベッドに顔いっぱいの酸素呼吸器をつけて喘ぐ先生。

「先生、手術成功してよかったですね。ひと安心しました」

「私たち、先生がいなければ何もできません。またもとのように教えてください。早く帰ってきて下さい」

玉子は、先生の手を握って優しく微笑んだ。先生は目がうつろで手で握り返す力も感じられない。


しばらく入院が続いた。

「先生、今日はいい天気ですよ。たまにはお外の景色でも見に行きますか」

と、車いすを押して三階の談話室まで行った。

先生はまだ声がほとんど出ない。話しかけても返答はあまり無い。玉子はさみしかった。

「先生、先生がお世話してくれた本が今売れているんです。出版社から電話がありました。印税が振り込まれるって言ってました」

「先生がよく言ってましたよね、『この建物は、雨漏りはするし、廊下はギシギシいうし、五十年以上経って、もうそろそろ建て替え時期』だって……。このお金は、全部神様のものです。このお金で建て替えるようにしてもいいですか？　それと、病院の看護師さんたちの勤務状態は過酷すぎます。疲れてしまって痛い人たちにやさしい言葉をかけてあげられないときもあるようです。そのことにお金を使ってもいいですか?」

先生は、

「それはありがたいですね、あなたにお任せします。それから、主任はもうあなたですよ……」

と目で、玉子に伝えた。

玉子は、責任の重さと先生の信仰に身が引き締まった。

しばらく外の方を見ているとスズメが窓枠に止まった。二羽の動きがとても可愛い。一羽が何かを咥えている。小さな虫のようだ。足で押さえ直してもう一羽がつつくのを待っているようだ。よく見るともう一羽のほうが足にけがをしている様子。うまく餌を押さえられないのだ。たぶん「つがい」だ。

困っている相手への心遣い。先生は言葉が出ないのでスズメを通して示して下さった。

玉子はうれしかった。

・・・

「先生、私のこと、誰だかわかりますか?」

……

首をすこし横に振った。

「先生、わからなくていいよ、天のお父様は私たちのことみんな見ておいでですから」

「だって、先生は、天のお父様に一番近いところにいらしたんですもの……」

「祈りましょう……」

とふたりで十字架に手を添えた。

先生は目をつむりかすかな寝息を立てだした。

長いあいだ天のお父様に仕え、私たちに信仰の道を示し、大きな仕事を終えた安堵が光って見えた。

前編・了

著者略歴

藤田　英男（ふじた・ひでお）

・昭和23年6月、糸魚川市生まれ。
・昭和42年、新潟県糸魚川市消防本部、消防吏員。主に危険物安全管理&火災予防担当、勤続42年、消防室室長で定年退職。
・平成22年、新潟県糸魚川市、建設会社、専任安全管理者6年間勤務。
・平成28年、RST糸魚川（職長教育・特別教育専門事務所）開所、現在に至る。
（趣味：アマチュア無線〈JA0CAB〉マイクロ波、ミリ波機器自作、測定器のジャンク漁り大好き。日本赤十字社新潟県支部、糸西無線赤十字奉仕団、事務局長）

［注］詩画集『風の旅』「たんぽぽ」からの引用は星野富弘氏より、転載許可をいただいております。

玉《たま》子《こ》

2020年5月30日　第1刷発行

著　者　藤田英男
発行人　大杉　剛
発行所　株式会社 風詠社
〒553-0001　大阪市福島区海老江5-2-2
大拓ビル5 - 7階
TEL 06（6136）8657　https://fueisha.com/
発売元　株式会社 星雲社
（共同出版社・流通責任出版社）
〒112-0005　東京都文京区水道1-3-30
TEL 03（3868）3275
印刷・製本　シナノ印刷株式会社

ISBN978-4-434-27485-5 C0093